魔豆

織女

醉琉璃——著

VOL. 04

迷走大樓

織女 04

目錄

織女 4

楔子

將最後一張椅子倒放在長桌上後，穿著亮橘色制服背心的女孩搥搥肩膀，疲累地吐出一口氣。

她環視這間階梯教室一圈，雖然和其他補習班動輒上百人的大班制相比，他們一班才四、五十人實在是小巫見大巫了，不過要一口氣將五十張椅子都搬起倒放在長桌上，對於平常疏於鍛鍊的她還是有些吃力。

搬完椅子後要檢查桌子下方的抽屜，然後是掃地……一邊在心裡計數著工讀生要做的工作流程，女孩開始一排排地檢查長桌抽屜，以免有粗心的學生將物品遺落在裡面。

「衛生紙、飲料罐……這是裝雞排的袋子吧？哇！連骨頭也沒扔！」女孩碎碎唸地抱怨著，伸手將那些垃圾掏了出來，「就說不能在教室吃東西了，還老是喜歡偷渡進來……老師們也眞是的，對學生太好了，總是睜隻眼閉隻眼，事後整理的可是我們這些可憐的工讀生耶……」

嘴上雖然不停抱怨，不過女孩也只是說說而已。

對她而言，這間「莉芳語文教室」可是一個相當不錯的打工環境。老師們不但不會仗著身分拚命使喚工讀生，相反地，見到他們忙得團團轉，還會不吝伸出援手，休息室也永遠擺滿著任員工取用的零食點心；加上補習班不是大班制，來上課的學生們有時雖皮了一點，但其實都是好孩子，見到他們這些工讀生也會嘴甜地喊著「哥哥、姊姊」。

實際上，女孩覺得再也沒有比這裡更適合打工的補習班了。

如果硬要說有什麼缺點的話，或許就是這棟進駐多家補習班的著名補習大樓流傳的鬼故事有點多。

女孩高中時也在這裡補習，就曾耳聞不少鬼故事。例如廁所有鬼偷窺；電腦會自動開啓，浮出嚇人畫面；這裡曾有人跳樓過，所以會看到白影晃來晃去……

但女孩從高中聽到現在都上大學了，別說以前補習時沒碰過，就連現在到這打工，也不曾遇上所謂的靈異事件。不只是她，她在這棟大樓認識的人們，也沒有一個表示曾在這裡撞過鬼或看到什麼不可思議的事物。追根究柢，能跑出這麼多鬼故事，恐怕絕大多數跟這棟大樓屋齡已久、外觀灰沉脫不了關係。

畢竟老屋子向來容易產生奇怪的傳聞。

「啊，這是誰家的眼鏡盒？連這也可以忘了帶走？」發現到居然有個墨綠色的眼鏡盒被遺忘在抽屜裡，女孩忍不住搖頭嘆氣，隨即她又在最後檢查的抽屜底部掏出一團被揉得縐巴巴的紙團。

這什麼？在好奇心驅使下，女孩迫不及待地將紙團攤開，卻沒想到下一瞬間，教室內的日光燈忽然全暗了。

「哇啊！」無預警降下的漆黑讓女孩嚇得驚叫一聲，但她很快又注意到教室外的燈光還好端端亮著。

不待她衝出教室，那些暗下的燈管突地又全亮了起來，重新還給教室光明。

「有沒有嚇了一大跳啊？」一顆腦袋自教室外探進，同樣穿著亮橘色背心的另一名女孩笑嘻嘻地說，臉上盡是惡作劇得逞的得意，「小潔妳剛那聲，連外面都聽得一清二楚。」

「沒錯、沒錯，眞的很大聲喔。」又一名工讀生探進半截身子，眼裡滿是打趣的笑意。

「惠萍、雅珊！」小潔氣急敗壞地大叫，想也不想就把手上抓的紙再揉成一團，用力地朝門口的兩名女孩扔去，「太過分了，竟然這樣嚇我！」

「別生氣，只是開個小玩笑嘛。」

「而且老師們在走廊另一邊，不會聽見的。」

惠萍和雅珊笑著躲開小潔的攻擊。

等到紙團落地時，惠萍率先將它撿起。本來是想當垃圾丟掉的，但她眼尖看見一角有字翻了出來，便好奇地將紙團拆開攤平，讓藏在裡頭的字全顯現出來。

雅珊也湊過來觀看，這一看，兩名女孩不禁都一臉錯愕。

「什麼？什麼？那裡面寫了什麼？不會是情書吧？」小潔剛剛根本沒機會看清楚紙團內容，她連忙也跑了過去，想知道兩名朋友究竟看見了什麼。

惠萍將紙張轉面，讓跑過來的小潔能一眼看清。

這下子，連小潔也被嚇了一跳。

那並不是什麼情書，也不是什麼筆記。

紙的正中心偏上，用藍色原子筆畫了一個奇怪的圖案，中間還寫著「本位」兩個字。而在那個圖案的周圍，被寫上呈放射狀排列的所有注音符號，就連四聲音符也被列在一旁。除此之外，邊框還加上了一些怪異的花紋。

即使三人已好一段時間不曾見過這東西，可是她們都認得出來，這是她們國中時在學生之間曾經暗中流行過一陣子的遊戲——

召喚筆仙。

據說，這個遊戲能夠召喚到鬼魂妖怪，或是其他非人的存在，來替人解答問題。

只要在紙上畫出一些必須的圖案，然後兩人一起握住一支筆，拇指按在筆端，讓筆尖停在中央的本位上，接著喃唸出一串「筆仙筆仙請出來」之類的句子，就會發現筆居然自動地移動起來。

這種遊戲不只能用筆，也有人用錢幣爲道具；而稱呼上，有著「守護神」、「愛神丘比特」、「錢仙」等其他說法，但實際上大同小異。

遊戲營造的神祕與超自然的刺激感，使得當時許多學生寧願冒著被師長斥罵的風險，也要想盡辦法偷玩。

只不過時間一久，這遊戲也在不知不覺中退了流行，被人遺忘。

小潔她們已經很久都沒看過有人在玩筆仙了。

「不會吧？是我們學生帶來這偷玩的嗎？」小潔驚訝地搖搖頭，像是不怎麼相信。

「紙一定是我們學生丟在這的。」雅珊斬釘截鐵地說。他們工讀生在上課時都會在門口點名，其他樓層的學生也不會跑到他們補習班，所以說是自家學生以外的人留在這的，還眞是不太可能。

「不過應該沒人敢在這兒玩起來吧，不然我們一定會知道的。」

「說得對，畢竟一班也才五十個人，有什麼動靜馬上就會被發現的。」惠萍點點頭，她看著那張用來召喚筆仙的紙，嘆了一口氣，「沒想到現在還有人會玩這個……說什麼筆仙在操控筆，其實都是玩的人下意識在動。」

「惠萍妳以前也玩過？雅珊呢？」小潔看著兩位朋友，她們有志一同地點點頭，小潔不禁也刮刮臉頰笑了，「哈哈哈，大家小時候果然都一樣……」

「小姐們。」忽然有人輕敲門板，打斷了小潔沒說完的話。

三名工讀生都嚇了一跳，惠萍更是反射性地將紙塞到口袋裡。

她們迅速轉過頭，看見門口站著一名年紀比自己年長的女子，正微笑地望著她們。

女子穿著俐落的褲裝，留著短薄又不失女人味的簡約髮型，舉手投足散發著自信爽朗，不自覺給人一股信任感。

「曼、曼芳主任！」小潔結結巴巴地嚷了出來，臉上同時閃動著侷促和緊張。自己現在可說是正在摸魚和人聊天，偏偏這一幕還被老闆看見……

天啊！曼芳主任不會不高興吧？

「嘿，小姐們，記得要注意時間，大樓可是十一點就關了喔。」身爲「莉芳語文教室」經營者之一的林曼芳指了指牆上的時鐘，提醒三名工讀生這棟大樓的門限，「弄完的話記得到櫃台領點心，妳們的另一位老闆有特地準備小蛋糕，每人都可以拿一個。」

「萬歲！莉奈主任最棒了！」喜歡甜食的三名女孩頓時忘了其他事，開心地歡呼起來。

「眞傷心，我就知道妳們比較喜歡莉奈。」林曼芳故作難過地擦擦眼角。

「不不不，我們也超喜歡曼芳主任的！」雅珊立刻見風轉舵，討好地拍著馬屁。

林曼芳噗哧一笑，揉揉雅珊的頭髮，接著目光轉向小潔，「對了，小潔，妳方才的叫聲眞是中氣十足呢，連莉奈都從休息室衝了出來。」

「咦？」小潔愣了一下，直到林曼芳揮揮手離開教室，她才回過神來，剎那間漲紅了整張臉。

被聽到……連休息室都聽得到……自己剛剛究竟是叫得有多大聲？小潔蹲了下來，將臉給摀住，覺得沒臉見人了。

「咳咳，其實也不是真的很大聲啦。」惠萍安慰著，但又不確定地補上：「呃，我猜？」

雅珊馬上用手肘撞了她手臂一下。

「太可惡了，妳們兩個！」小潔怨恨地抬起臉，「為了補償我，妳們要幫我把黑板擦乾淨！」

「是是是，知道了。大小姐妳就別氣了，我們連板擦、粉筆都會幫妳收的。」惠萍蹲在她身邊，拍拍她的頭。

「這還差不多。」小潔的心情轉好，想到下班還有小蛋糕能拿，她忍不住眉開眼笑起來，隨即一骨碌地站起，「我去拿掃把過來，黑板就拜託妳們啦！」

小潔去取掃除用具時，在半路差點又被其他工讀生抓去一起搬東西到九樓，但對方瞧見她手裡抓著掃把後，就摸摸鼻子，自動去尋找其他犧牲對象了。

他們的補習班在七樓，不過九樓也是他們的空間，專門用來置放講義、雜物，算是倉庫。

小潔小跑步回到教室，映入眼中的卻是尚未擦拭的黑板，答應要幫忙的兩名朋友則背對她圍在講桌前。

小潔有些氣惱，她故意放輕腳步，無聲無息地自後接近她們。在距離剩一步的時候，小潔本想放聲大叫，不客氣地嚇她們一跳，但她聽見了一些喃喃細碎的聲音。

她們在說什麼祕密嗎？

八卦之心人人皆有，尤其是這年紀的女孩子。小潔躡手躡腳地靠近兩人，然後，她果真聽見了——

「筆仙筆仙請出來，筆仙筆仙請出來……」

什麼!?小潔瞪大眼，馬上繞到講桌另一側，頓時，她看見惠萍和雅珊合握著一支筆，筆下是那張用來召喚筆仙的紙。

「妳們在玩……唔！」小潔的大叫被人眼明手快地用手摀住。

「噓！噓！」惠萍的另一隻手還緊握在筆上，「別那麼大聲，只是偷玩一下而已。」

「那麼久沒玩了，有點好奇嘛。」雅珊也壓低聲音說，「小潔妳要玩嗎？我們還沒叫出筆仙，中途有人加入也沒關係。」

「什……我……」小潔嚥嚥口水，她瞪著那支筆，覺得有股誘惑正拉著她。最後還是抵抗不了，緊張又興奮地將一隻手也伸了出來，搭在兩人手背上，拇指按在筆端。

三名女孩的手合握著一支筆，她們深吸一口氣，將剩下要唸的句子唸完。

「筆仙筆仙請出來，筆仙筆仙你可以出來了，我們有問題想要問你。」

當聲音落下，教室裡是一片安靜，只有空調仍在運轉的聲音。三雙眼睛一瞬也不瞬地緊盯著立在指上的筆，女孩們屏著氣，誰也不敢用力呼吸。

時間靜靜流逝，數分鐘過去了，被三人握住的筆卻毫無動靜。

小潔臉上浮現失望，「什麼啊，果然不可能叫得出筆……！」

小潔的聲音在瞬間卡在喉嚨裡，她的雙眼越睜越大。

筆，眞的在動了。

被三人握住的筆滑出本位，開始在紙上四周胡亂遊移著。

「等一下，是妳們動的吧？妳們不要故意移筆啊！」小潔隨即懷疑起兩位朋友，因爲握住筆桿的是她們兩人，她只是搭在她倆的手上而已。

她氣呼呼地鼓起臉頰，「惠萍、雅珊，再演就不像了。」

「誰跟妳在演？我明明沒動好不好？」惠萍抗議地嚷道：「我連出力都沒有！」

於是兩雙眼睛立刻瞪向頭號嫌疑犯。

「喂喂，我也沒有，絕對沒有！」雅珊喊冤。

在這當中，筆仍舊在紙上滑動，女孩們的手也跟著被牽引來牽引去，三名女孩彼此都懷疑是有人故意移筆嚇人，但誰也不敢直接抽手，這在筆仙一類的遊戲中是禁忌。

一定要把筆仙移回本位，送走筆仙，才可以鬆開手，否則沒送走的筆仙就會留下來。沒人知道這是眞是假，但寧可信其有也不可信其無。

「騙人的吧？不可能眞的請來了吧？」小潔嘴上雖這樣說，可心裡還是完全不信。她認爲一定是另外兩個朋友又要故意嚇她，就像剛剛關掉教室裡的燈那樣。

「如果是眞的，就叫他回答我們的問題。」

「要問什麼？」惠萍也認爲是另外兩人動的手腳，她們三個人誰移了筆也很難發現，「不然這樣好了，我們問他是從哪裡來的，是本來就在大樓裡，還是外面來的？」

「好，那我就問囉。」雅珊緊緊地盯著那支還在移來移去的筆，心中打定主意，等等問完後就要用蠻力握住筆，看是誰在故意嚇人。

見另外兩人點頭，雅珊開口，「筆仙筆仙，請問這大樓有鬼嗎？你是不是這大樓的……」

「磅！」地一聲，突然有張椅子從桌面翻倒下來，砸在地面上。

三名年輕的工讀生瞬間沒了聲音，心臟重重一跳，她們像是忘記手中的筆還在移動，全都心驚膽跳地看向聲音的來源。

接著，她們又看見一張椅子像是被一雙透明的手推動，角度越來越傾斜，然後又是——

磅！

「呀！」

「啊！」

「噫！」

尖叫聲剎那間此起彼落，三名女孩想也不想地鬆開手，三步併作兩步地衝向了教室門口。

遭人放開的自動筆躺在紙上，一動也不動。

教室外似乎因爲三名女孩而起了騷動。

誰也沒有看見自動筆忽然滾動一圈，筆尖先是指到了一個符號上，接著又慢慢往其他方向移動。

「ㄕ」、「ㄟ」、「ㄅ」、「ㄨ」、「ˊ」、「ㄕ」、「ㄟ」。

筆仙筆仙，請問這大樓有鬼嗎——是。

你是不是這大樓的鬼——不是。

自動筆突然再次滾動，直直地掉下講桌。

第一針

「天啊，終於能下班了！」

當最後一份檔案儲存完畢，坐在電腦前的長髮女子按下關機鍵，再也忍不住地伸伸懶腰，毫不在意身爲美女應該顧形象地打了一個大呵欠。

掛在牆壁上的時鐘顯示著現在時間已經是晚間十點半。

這裡是一間位在大樓七樓的補習班，全名是「莉芳語文教室」，專門教授高中英文、國文，還有另外開授作文班。在這棟聚集各家補習班的補習大樓裡，可謂頗負盛名，每年都有辦法交出令同業羨慕的亮眼榜單。但即使如此，「莉芳語文教室」卻也從不以此大作噱頭、拚命招生，而是反其道而行，只開放四、五十人的小型授課班級，不像其他家往往一門課就擠了上百人。

不過和這裡習慣沿用經營者兼王牌教師的名字來作招牌的補習班一樣，「莉芳語文教室」其實就是兩名共同經營人的名字合併在一起的。

而現在，正毫無形象打呵欠伸懶腰的女子，就是經營者之一的宮莉奈。

雖然已經年屆三十——本人則是異常堅持自己只有二十九歲又十一個月又三十一天——然而宮莉奈一張清秀又帶點孩子氣的娃娃臉，總是令不知情的學生或家長誤以爲她只是在這打工的大學生，還曾經發生過宮莉奈準備上講台授課，卻被新來的工讀生當成是其他工讀生在惡作劇，急急忙忙地把她拉了下來，事後才震驚地發現到她不只是國文老師，還是她們的老闆之一！

「莉奈，妳工作處理完的話，幫我看看這份作文吧？」聽見宮莉奈解脫似地這麼喊，坐在另一邊的國文老師滑動附有滾輪的椅子，笑咪咪地將兩張釘在一起的稿紙塞給她，「拜託啦，我這邊也只剩一份而已，我也想早點下班看孩子。」

「謝老師，妳居然這麼狠心……我剛盯電腦可是盯到快眼花了。」宮莉奈趴在桌上，有氣無力地抗議著。可嘴上這樣說，她還是伸手接過對方遞來的稿紙，就著這個姿勢開始看起學生寫的作文。

這下換謝老師苦笑了，「莉奈，妳可以坐起身體看。這樣趴著，我眞擔心妳桌上那堆東西砸下來，會將妳埋得看不見。」

「放心放心，所有東西我都有經過精密計算才這麼放，絕對不會砸下來的。」宮莉奈卻是自信滿滿地保證著。

謝老師搖搖頭，她可是完全不相信這份說詞。

事實上，她們這位老闆的桌子在上禮拜就發生過一次崩坍。

對，沒錯，眞的就是崩坍。

大量的文件、書籍，還有莫名其妙混在其中的食物、垃圾，一口氣全垮了下來，瞬間將偌大的辦公桌淹得連桌面也看不到。

幸好桌子主人當時沒趴在那裡，否則這一砸下來，恐怕要被砸出腦震盪了。

看著此刻也是處於搖搖欲墜的雜物堆——東西多到都不知道要讓人怎麼分類了——謝老師揉按著額角，覺得眼前的場景越看越驚悚，如果下一秒馬上倒下，她一定也不會覺得意外。

「莉奈、莉奈主任。」為了避免自己的老闆因為這麼丟臉的理由送醫院，謝老師苦口婆心地勸道：「妳的桌子還是找時間清一清吧，再請妳那位堂弟來幫忙一下應該比較……」

「不行！不能找我家小一刻過來！」宮莉奈瞬間挺直身子，兩隻手臂在胸前比出一個「X」的手勢，清秀白皙的臉蛋上浮現出一絲慌張。

謝老師口中提到的那位「堂弟」，其實是就讀利英高中一年級的高中生，整間補習班的老師們都認識他。雖然在初次見面的時候，她也曾被那頭囂張的白髮、掛在耳上的多個耳環，以及凶暴的氣勢給嚇到，但認識久了，也漸漸發現到對方的品性很不錯，並不若外表般嚇人。

而在得知他居然有辦法和宮莉奈共處一個屋簷下、收拾她所製造出來的垃圾之後，眾老師的心裡不由得都浮起了無限的敬佩之情。

她們的這位老闆，在弄亂環境和製造垃圾的天分上，簡直就是無人能比的天才！

宮莉奈的堂弟之前都會按時過來這裡，幫她清理被雜物淹沒的辦公桌。不過注意到自己會嚇到來這上課的學生以及一些新來的工讀生，這名少年就減少了到這兒來的次數，真要來的時候也會盡量挑剛營業或準備下班的時間。

即使清楚自家堂弟一出手，自己的桌子轉眼間就會回復原狀，宮莉奈還是說什麼也不答應這項提議。

「不行、不行，真的說什麼也不行。」她拚命地搖著頭，「謝老師，妳們可不能偷偷打電話，要是小一刻看到的話，會先把我大罵一頓的。」

謝老師這下可以說是哭笑不得，宮莉奈和宮一刻這對堂姊弟的立場根本就是顛倒過來了，都不知道誰才是年紀比較大的那位。

「是是是，我們不會偷打的。」謝老師笑著嘆氣，不過心裡卻想就算她們不打，另一位老闆看不下去也會自己去打電話的。

不知道謝老師的想法，得到保證的宮莉奈鬆口氣地拍拍胸口，正打算趴回桌面看她的作文，忽然從走廊的另一端傳來了拔高的吃驚嗓音。

「辭職？」

所有待在櫃台後的老師和助理都聽得清楚，那分明就是她們另一位老闆的聲音，就連宮莉奈也嚇了一跳，反射性地看向自己的同事們。

眾人妳看我、我看妳，下一秒竟是有志一同地做出了一樣的行動——所有人迅速離開座位，三步併作兩步地跑到走廊的轉角後。其中宮莉奈的動作最快，佔得最好的位置，其他人則是努力從她身後探出頭，想看清究竟發生什麼事。

在走廊底端，也就是上課用教室的門口，站著一高一矮的兩抹身影。

高的那位正是「莉芳語文教室」的另一位老闆，林曼芳；至於矮的那位……

「誰？」有一名老師納悶地問出口，對那張年輕的臉毫無印象。

「看身上的背心也知道是工讀生，那位妹妹是上禮拜才來的。」負責應徵工作的助理小姐回答著。

「噓、噓。」宮莉奈示意眾人安靜。被林曼芳發覺也就算了，萬一被那位工讀生妹妹看見她們一群人躲在這聽壁角，那她們老師的形象也全沒了。

綁著長馬尾的工讀生似乎完全沒注意到自己正被多雙眼睛盯著，她紅腫著雙眼，囁嚅地像在解釋什麼，但聲音太小，沒人聽得清楚。

林曼芳的聲音相較起來就明顯多了。

「小婷，妳說妳要辭職？可是妳才來一個禮拜……我們補習班有哪裡不好嗎？」

工讀生要辭職!?躲在轉角後的眾人面面相覷。

然後負責應徵的助理小姐無力地蹲下來，雙手摀臉，「不會吧……又有工讀生要辭了？」

其他人紛紛投予同情的目光，相當了解她們助理小姐爲什麼會一副大受打擊的模樣。

自從一個多月前，她們一口氣接到三名工讀生的辭職請求後，剩下的兩名也跑了，接著她們的徵人工作就像遭到詛咒一樣，不是說沒人來應徵，光是把她們兩位老闆擺出去，就能吸引一堆異性上門了，然而來上班的工讀生，往往待不到幾天，就會用各種理由匆匆離職。

好不容易這名年輕女孩待了一個禮拜，沒想到最終還是步上前幾人的後塵。

「不是我不答應，但妳如果要辭的話，能不能告訴我理由呢？」林曼芳放柔語氣，「小婷，妳是爲什麼不願再做了？」

宮莉奈等人可以看見馬尾女孩張嘴，似乎又說了什麼，但聲音依舊太小。

而很明顯地，那聲音小到連林曼芳都聽不見，所以她忍不住又問了一次，「小婷，可以說大聲一點嗎？」

「有……有……」小婷的音量終於加大，她低垂著頭，雙肩顫抖，然後猛地抬起頭，就像再也無法忍耐地大叫，「這地方有鬼！別開玩笑了，誰要在這種地方工作啊！曼芳主任，不管妳說什麼都沒用，我不做了！我今天就要離職！」

說完，也不給林曼芳回話的機會，小婷脫下亮橘色的制服背心，一把塞給林曼芳，大步地跑開來。

躲在轉角後的眾人刹那間鳥獸散，全部用最快的速度回到位子上，裝作什麼也沒發生地埋頭做自己的事。

直到那陣急促的腳步聲衝出了她們補習班，接著，代表電梯門開啓的「叮」地一聲響起，確定小婷已經離開這層樓之後，所有人才又重新抬起頭。

「顯然地，我們的工讀生又跑了。」林曼芳從走廊走了出來，她看著空無一人的門口嘆氣，「妳們剛剛都聽見了吧？我猜應該不須要我再解釋什麼了。」

原來林曼芳早就察覺到走廊轉角後躲著一群人。

「靜怡，徵人的廣告又得麻煩妳了。」

「我……」幾乎三到五天就得面試一次的助理小姐苦著臉，看起來都快哭了，「曼芳主任，這樣下去不是辦法啊……就算徵得到人，但如果又待不到一個禮拜，我怕眞的會傳出什麼不好的傳聞了……」

眾人沉默。這類小道消息在同業間向來流傳得特別快，更不用說光是這棟大樓就聚集了近十家的補習班，萬一有人以此做爲抹黑手段，那麼多少都會影響「莉芳語文教室」的聲譽。

待在現場的老師和助理，都是從補習班創立時就進來的，彼此間擁有深厚的革命情感，誰也不願意看見這樣的事發生。

「可是小婷說我們這有鬼……」宮莉奈一臉茫然，「我從來就沒看過，也沒遇上什麼奇怪的事啊。」

「我也是，這些年都好端端的，怎麼突然一下子跑出什麼鬼？那些小朋友是鬼片看太多了嗎？」教英文的方老師也搖搖頭。

頓時，其他附議聲此起彼落，都是些表示自己從來沒撞過鬼的話語。

自己也吐了一頓苦水後，林曼芳注意到助理小姐的表情有些遲疑，而且剛才她都沒開口。

「靜怡？」

「那個，主任……」助理小姐在發現所有人都直盯著她時，說話更加吞吞吐吐，「其實我……呃，其實我之前和一位離職的工讀生到九樓搬東西時，是有碰上一件奇怪的事。不過、不過，那也沒什麼大不了的，就只是電腦忽然自動開了，然後播放鬼片而已。我有檢查過，它的插頭沒拔掉，所以應該只是意外才會不小心啓動的。」

聽見這番話的眾人再度沉默。

這已經不是插頭有沒有拔掉的問題了……哪一台電腦會自動播放鬼片啊！這很明顯就是有問題！

「靜怡，妳該早點告訴我的。」林曼芳伸指壓按著額角，「不管怎樣，我這幾天會找人過來看看情況。無論是不是眞的有鬼，我們員工和學生的安危都是最優先的事。」

「曼芳，那新工讀生的事呢？」宮莉奈提出問題，「如果沒有請到工讀生的話，其他老師的工作都會增加。可是我們補習班現在的情況又是……嗯，不太明確。」

宮莉奈陷入了困擾，她托著下巴，另一隻手無意識地撥弄堆在螢幕旁的文件。

這舉動看得櫃台內的其餘人員個個心驚膽跳，大家都害怕那用著驚險角度疊起來的文件山會倒塌，然後非常有可能順勢引發桌上的土石流。

只有林曼芳神色未改，她抱著雙臂，同樣也在認眞思考這問題。

由於這時間工讀生來來去去，使得許多工作都必須分擔到老師們的身上，無形中也增加了她們的壓力。原本學生九點下課，她們這些老師則是十點就能下班。現在則往往拖到十點半或快十一點，連一樓的警衛都來提醒她們多注意大樓關門的時間。

「總不能在徵人的廣告上多加一條『不怕鬼』的條件吧？」方老師一邊瞄著宮莉奈那疊要倒不倒的文件山，一邊發表看法，「或是要求膽子一定要大之類的……莉奈主任，能不能先拜託妳別動那些文件？我的心臟有點禁不起嚇。」

「咦？」宮莉奈納悶地眨眨眼，不過還是依言停手，「方老師，我的文件怎麼了嗎？」

「它看起來隨時會把妳活埋的，主任。」助理小姐打開螢幕，愁眉苦臉地想著新的徵人廣告要怎麼設計。難不成眞的要打上「學歷不拘，須膽大心細、不怕鬼」這樣的應徵條件嗎？

這種廣告一看就知道是有問題的吧！

「哈哈哈，不會啦，這種程度才不會將我埋住。靜怡，妳想太多了。」宮莉奈爽朗地笑，像是要證明自己所言非假。她指著和自己從高中就認識的林曼芳，請她來做保證，「不信妳可以問問曼芳。」

「這是眞的。這種程度對莉奈來說，還算是整齊狀態。」林曼芳笑著說出令眾人大吃一驚的話，「只要有去過莉奈的家就知道，這眞的是小巫見大巫了。所以對於一刻居然有辦法……

等等，一刻！」

林曼芳像是忽然得到什麼領悟，她雙眼一亮，越過桌上的雜物，一把抓住宮莉奈的雙手。

「莉奈，一刻有想過要找打工嗎？要不要乾脆就來我們這兒？他膽大心細，加上做事又認眞，怎麼想都是……」

「怎麼想都不是適合工讀生的人選。」宮莉奈斬釘截鐵地否決，態度難得強硬了一把，「我家小一刻有他自己的事要做，而且他最近可是又認識了好幾個新朋友。小孩子就應該好好享受友情、戀愛、打架，打工這種事等他上大學再說！」

「一刻的堂姊，妳就不能通融一下嗎？」林曼芳不死心。

宮莉奈堅定地搖搖頭，還用雙手摀住耳朵，以表明自己的立場絕不改變。

對此，觀看這一幕的老師們以及助理小姐只想吐槽一件事——

享受友情、戀愛也就算了，爲什麼會跑出打架啊！

□

宮莉奈好不容易才擺脫同事兼好友的纏功。

認識林曼芳那麼多年，她當然知道對方不會這麼輕易放棄，除非她找到另一名犧牲者……

不對，工讀生，否則她家的小一刻絕對會被死盯不放的。

在電梯門關上之前，林曼芳甚至還不放棄地在電梯外繼續遊說，連「錢多、事少、離家近」這種說法都搬出來了。

「好累……」宮莉奈將額角抵上一邊的鏡子，有氣無力地吐出一口氣。

「辛苦了。」和宮莉奈一起搭電梯下樓的謝老師忍著笑，「不過說真的，我也覺得妳堂弟……」

「不可以！」宮莉奈立刻像防禦系統啓動般彈起背，她使勁地揮著手，「我絕對不會讓大家的魔掌伸向小一刻的！所以謝老師妳也請放棄吧！」

謝老師再也忍耐不住地失笑出聲，難得見到總是一副傻大姊樣的宮莉奈會拿出強硬的態度。她點點頭，表示自己不會再說什麼，她能明白宮莉奈那種像是母雞護小雞一樣的心情。

電梯很快就到一樓了，當電梯門打開，映入眼中的是空盪盪的走道。

這也難怪，畢竟都要十一點多了，整棟大樓除了原本的住戶，恐怕就只剩她們補習班還有人——林曼芳和助理小姐負責最後的巡視和鎖門。

和大門前的警衛打了聲招呼後，宮莉奈和謝老師就一起離開大樓。

外面的街道也是一片冷清，放眼望去，附近的店家也早都拉下鐵捲門。

然而就在大樓的正對面，停著一輛機車。機車的主人是一名金髮少年，在這種時候，那抹身影顯得格外顯目。

謝老師本來還以爲對方只是無事逗留街頭的年輕人，沒想到那名少年一見到她們走出來，立刻就跳下機車，大步地迎上來。

謝老師一驚，差點就要喊警衛出來，而阻止她這麼做的是少年開口的第一句話——

「莉奈姊。」

莉奈姊？所以這孩子和莉奈是認識的？意想不到的發展讓謝老師愣了一愣，她看看宮莉奈，再看看面前的金髮少年。後者一身便服、金髮顯眼，唇上還穿有一個唇環，但一張面孔卻是格外地端正俊秀，即使已是身爲一個孩子的媽，謝老師都覺得自己忍不住要心動起來了。

「小江？」渾然未覺謝老師的心情轉變，宮莉奈一見到金髮少年，卻是驚訝地笑了開來，「怎麼了？你怎麼會在這兒？」

宮莉奈自然是認識對方的——眼前的少年是自己堂弟的朋友，兩人都是就讀利英高中的學生——只不過對於他的出現，她的心裡還是滿滿的困惑。

「我來接妳下班，是宮一刻打電話給我的。」江言一面不改色地說著謊。

打電話的人實際上是他；在得知宮莉奈尚未到家，決定前來接人的也是他。爲了能夠製造更多和宮莉奈相處的機會，叫江言一做任何事都可以。

自從第一次見到她時，他就對這名比自己年長的女性一見鍾情了。

「小一刻也眞是的，居然還麻煩你做這事……」宮莉奈完全沒有懷疑，她不禁叨唸起自己的堂弟，「小江，我回去就說說他。都這麼晚了，怎麼好意思還叫你……哎，雖然很謝謝你，不過我朋友會……」

「莉奈。」謝老師忽然拍上宮莉奈的肩膀，「曼芳主任今天可能沒辦法載妳，她說她要載我回去。」

「咦？」宮莉奈訝然，「謝老師，妳不是說妳老公會來接妳？」

「不不不，我老公臨時有事，沒辦法來了。妳就讓那位小江弟弟載回去吧，人家可是都特地來了……啊！曼芳主任她們也下來了，我這就跟她們走了。莉奈，明天見啦！」

「什……等一下！謝老師，等……」宮莉奈連話都來不及說完，就見到謝老師已經快步地走回大樓裡，在走到門口時，她還特地停下腳步，朝宮莉奈比出了一記大拇指。

宮莉奈一頭霧水，壓根不知道那是什麼意思。不過一發現到林曼芳在聽了謝老師說些什麼後，眼神放光地轉過頭來，她頓時反客爲主地拉起江言一就跑。

她一點也不想再被林曼芳抓著洗腦遊說，糊里糊塗就把她家的小一刻給賣了！

幸好林曼芳沒有眞的再出來，她們是從另一邊的大門離開。

宮莉奈鬆開抓著江言一的手，安心地鬆口氣，接著她注意到了江言一的臉有些紅。

「小江，你臉好紅，不舒服嗎？」宮莉奈伸出手，掌心貼上少年的額頭，「唔……也沒發燒呢。」

「我……我沒事！」江言一稍嫌狼狽地退了一步，就怕自己過大的心跳聲被人聽見。但即使如此，那屬於女性的馨香還是徘徊在鼻間。

「莉奈姊，我們趕快回去吧。」江言一力持鎮定，將多準備的安全帽遞給了宮莉奈。有著娃娃臉的清秀女子接過安全帽後，卻沒有立刻戴上，而是用著一雙美眸直直地瞅著江言一瞧。

江言一被瞧得心跳又開始不規律起來，不由得揣測起自己的心意該不會是被發現了。還是說……她看穿他其實想藉此讓她抱住自己腰間的手段了？

「小江。」宮莉奈嚴肅地開口了，「你……」

「是？」江言一下意識地屏著氣，就算是和無數人打架，也不曾令他像此刻這般緊張。

「你對在補習班打工有興趣嗎？」

「……什麼？」現實和期望的過大落差讓江言一一呆。

「我是想問你，要不要來我們這……不不不，還是當我什麼也沒說好了。沒事，真的沒事。」宮莉奈打哈哈地帶過，改變了話題，「咳，其實我是要問……小江，機車能不能讓我騎，我載你。放心好了，莉奈姊的騎車技術可是一流的！」

彷彿怕江言一不相信，宮莉奈挺起胸，得意又自信地露出笑容。

被那抹笑容迷去大半心神的江言一反射性答應，他著迷地望著那張開心的笑顏，全然沒仔細聽進宮莉奈的歡呼……

「太棒了！小江你人眞好，不像小一刻，說什麼都不准我騎車，也不准我載人……就連小染和阿冉也從不肯再讓我載一次，我明明有駕照的，騎車技術也超好的……」

如果是平時的江言一，一定會從這段話嗅出端倪，眞正騎車技術好的人，怎麼可能會被自己的堂弟下了禁車令？

不過就算現在沒發現，晚點江言一就會親自體驗到一件事——宮莉奈的騎車技術，凶暴到引來三輛警車誤以爲是飆車族橫行街頭而緊追不放！

□

隱隱約約的開門聲自一樓傳來，坐在書桌前僅用檯燈照明的白髮少年頓了一下動作，他豎起耳朵，仔細聆聽樓下的動靜。只聞又一些細碎的聲響透過半掩的房間門傳來，接著就完全沒了聲音。

一刻皺著眉，盯著手上才完成一半的串珠吊飾，隨即將這些東西放下，離開座位。

站在銜接一樓與二樓的樓梯口間，更可以感受到樓下的寂靜。

一刻輕手輕腳地下了樓，當他打開客廳的燈光電源，映入眼中的是一名長髮女性倒臥沙發的光景。

回到家的宮莉奈一進到客廳，就累得連二樓也懶得爬上去，直接將包包扔在地上，躺在沙發上呼呼大睡了。

她睡得很沉，連自己的堂弟站到身邊也渾然不覺，偶爾還會咂巴著嘴巴，冒出幾句含糊的夢話。

一刻瞥了下牆上的時鐘，上頭的時針和分針清楚地標示出如今已經超過晚間十一點了。

一刻的眉頭皺得更緊，眼神也有些陰沉下來。

最近幾乎都是這種模式，宮莉奈不到十一點過後，是不會下班回到家的。而一返回家裡，往往又是累得直接倒在客廳裡。倒在沙發上也就算了，有好幾次一刻差點在地板上或樓梯口踩到她。

面對這種異於往常的狀況，一刻當然也有打聽過，但是宮莉奈只是打哈哈地說工讀生離職，所以老師們分擔到的工作都變多了。

補習班的工讀生有那麼難請嗎？一刻不是白痴，他已經直覺地聯想到補習班說不定發生了什麼事。可是宮莉奈不肯明講，他也沒辦法推測出大概。

「馬的，再不行就等蘇染他們流感好了之後，再叫他們倆混進去……」一刻彈了下舌，將主意動到自己的青梅竹馬身上。

同爲學生子的蘇染和蘇冉，成績優異，任何一家補習班沒道理不想收他們當學生。只要讓他們倆進入宮莉奈和朋友開設的「莉芳語文教室」，說不定就能探聽到一些消息。

一刻不是沒考慮過自己，只是在他進去前，恐怕就會被宮莉奈擋下來，理由則是——

小一刻你聽好了，這年紀就是要好好地揮霍青春，盡情享受友情、愛情和打架才對，怎麼可以把自己關在一個叫作「補習」的監牢裡呢？

聽聽，這是一個補習班老師兼經營者該說的話嗎？

一刻搖頭嘆氣，他蹲了下來，伸手輕拍著宮莉奈的臉，「莉奈姊、莉奈姊，別躺在這邊，要睡回房間裡睡。」

呼喊了幾次後，宮莉奈總算迷迷糊糊地睜開眼。起初還認不出眼前的人是誰，但在看見那頭炫亮的白髮，還有那些掛在耳上的耳環後，她露出了傻乎乎的笑。

「小一刻……」

「對，是我，幸好妳沒睡傻。」一刻連拖帶拉地將宮莉奈攙扶起，「莉奈姊，妳自己也站好一下，別把全部體重都壓到我身上……妳很重的。」

衝著堂弟的最後一句話，已經抓回一絲神智的宮莉奈決定不客氣地將整具身體都交給對方。太沒禮貌了，她哪有重？她只是骨頭稍微沉一點！

如果一刻能聽見她的心聲的話，只怕會黑著臉要她偶爾也面對現實，只是他現在正忙著拖扯著她上二樓。

在艱辛的移動過程中，還得忍受宮莉奈突發的異想天開。

「小一刻，其實你也可以用公主抱，姊姊我絕對不會有意見的。」

「太棒了，妳沒意見我他媽的可是有意見，我可不想我們兩個一起滾下樓梯。莉奈姊，妳堂弟我不是什麼神力超人。」一刻沒好氣地吐槽。

基於一方全然不願意多出點力氣，費了好一番勁，一刻終於成功地把人架到二樓。

怕吵到二樓另一名家庭成員，一刻閉著嘴巴，不再多說話地將自己的堂姊扔到了她的房間床鋪上。

說是扔，其實也只有動作表面粗魯，暗地裡仍舊是小心翼翼。

躺回柔軟床鋪上的宮莉奈滿足地喟嘆一口氣，發現白髮少年還站在床邊，雙手抱胸，兩隻眼睛直勾勾地盯著自己，似乎仍有話要說，她想了想，恍然大悟地露出笑。

「小一刻，你是想跟姊姊睡對不對？」宮莉奈大方地拍拍自己的床，「不用那麼客氣，儘管說出來沒關係，反正我們小時候也常睡一起嘛。」

「睡妳……」一刻忍住髒話，他朝天翻了一個白眼，「自從十幾年前被妳踢下床之後，我就非常明白，當年跟妳睡眞是一個再糟糕不過的決定。所以，莉奈姊……」

「是？」注意到一刻的表情變得嚴厲，很像他每次準備訓斥自己亂製造垃圾的模樣，宮莉奈下意識也正襟危坐起來，同時迅速檢查自己的房間一遍。

沒有吃剩的食物，亂丟的衣服也沒超過房間三分之一的空間……很好，還在安全範圍裡。

宮莉奈暗暗鬆了一口氣，她畢竟不想在這時候面對變身成一隻噴火龍的自家堂弟。

不過很快地，她就發現自己放鬆得太早了。

一刻開口，說的卻是，「妳們補習班到底發生什麼事了？」

「咦？」宮莉奈一下子反應不過來。

「妳最近都超過十一點才回來，回到家也大多倒頭就睡……難不成妳們到現在還沒請到工讀生？」一刻瞇起銳利的眼。

「才不是沒請到，只是請了又跑……」宮莉奈自己對這事也很哀怨，但工讀生堅持要走，她們也不可能拿繩子綁著人不放。

「請了又跑？」一刻的眼神更加犀利，他還不知道補習班工讀生是流動率那麼高的職業。

「不不不，沒事！小一刻你聽錯了，別在意。」發覺自己無意中透露出來的事端會讓堂弟擔心，宮莉奈連忙結束話題，動作快速地滑進被窩裡，只留一顆腦袋在外面，「我要睡了，你也快回去睡吧，晚安。」

稍嫌匆促地說出「晚安」兩字，宮莉奈就緊緊地閉上眼，把背對著待在床前的少年，徹底裝死的意味相當明顯。

一刻也沒再逼問下去，身為宮莉奈的堂弟，他自然也很清楚就算他的堂姊既大剌剌又粗神經，但遇到不想說的事，她就會像閉緊的蚌殼一樣，怎麼也撬不開。

不過同樣地，如果他會這麼輕易就放棄的話，那麼他也不是宮一刻了。

打定主意要從其他方向下手，一刻向宮莉奈說了聲晚安之後，就離開她的房間。

將房門帶上，站在走廊上，一刻吐出一口氣，他明白宮莉奈是不希望他擔心，但是他也不願意什麼忙都幫不上。

他低頭看著自己的左手，乾乾淨淨的手指上忽然浮現一圈橘紋。由無數更細小圖騰組成的橘色花紋，就像是戒指似地圈繞在他的左手無名指上。

那是神紋，獲得神明力量的證據。

一刻本來只是再普通不過的高中生，每天的生活除了上學、和人打架、被人找上門打架，就是將大半的心力放在可愛的物品上。

直到有一天，他為了救一名陌生的小女孩發生車禍，幾乎瀕死。

當他甦醒過來時，卻沒想到他的人生從此發生天翻地覆的變化。他不但毫髮無傷，還莫名獲得了神力，能夠看得見由他人欲望所產生的欲線。

而「欲線」只要碰到地，就會引來一種名為「瘴」的妖怪，進而寄附在人的身上，引發災禍與破壞。

起初一刻還覺得這些都是天方夜譚，就算他在車禍中所救的小女孩跳到他面前來，指著他的鼻子宣告自己就是「牛郎與織女」中的織女，是她將神力分給他的，他還是難以相信，只認爲現在的小孩子該不會漫畫和卡通看太多，分不清現實和幻想。

直到他親眼目睹瘴的出現，目睹一名活人就在他的眼前被瘴吞噬，化爲嚇人的怪物。

事實上，一刻第一個見到被瘴寄生的人類，就是江言一。

身爲利英高中二年級老大的他，不僅多次敗在一刻手下，還誤認爲對方不將他放在眼裡，一心想打敗一刻的欲望和執著，終究引來了瘴。

幸好，事件很快順利地圓滿落幕。而在發現一刻不是不將他放在眼裡，只是認人能力有障礙之後，江言一對一刻的執著瞬間消失得一乾二淨，現在的他，更寧願將心思放在如何追求宮莉奈這件事上。

「明天，再找江言一那傢伙問看看好了……」一刻握緊拳，無名指上的橘色神紋也隨著他的意念消失，「不過說實話……莉奈姊眞的該減肥了。」

一刻身後的房間傳出類似枕頭砸上門的聲響，隨即一句充滿怨念的警告飄了出來。

「小、一、刻，不要以爲我沒聽到喔。」

「睡妳的覺吧，莉奈姊，除非妳想跟我聊補習班的事。」一刻不得不佩服女性對「體重」

的敏感。他都說得那麼小聲了，房裡的人居然還有辦法聽見？

似乎是怕一刻眞的又要問起補習班的事，宮莉奈的房間立刻沒了聲音。

回到自己房裡的一刻並不會知道，當他的房門關上，另一扇房門卻是靜悄悄地開啓了。

那不是宮莉奈的房間。

從敞開門縫內探出的，是張白皙精緻的小臉。細細彎彎的眉毛、大大的眼睛、俏挺的鼻子、紅潤的小巧嘴唇，還有那頭烏黑豐厚的及腰長髮，從門後探出臉的小女孩，乍看下令人想到美麗的洋娃娃。

這名一刻怕吵醒的另一名宮家成員左右望了望，接著她的頭頂上冒出一抹更爲小巧的人影，身高只有巴掌大，背後還有一雙鳥類才有的翅膀。

「織女大人。」體型迷你的細辮子少女皺皺鼻子，「妳有沒有聞到什麼奇怪的味道？那個人類女人是不是把什麼不該帶的東西給帶回來了？」

「小聲點，喜鵲。」被稱爲「織女」，實際上也是賦予一刻神力的稚幼神明說，「莉奈沒把什麼不該帶的東西帶進來，不過那些東西顯然還留在屋子外不走。妾身可不喜歡這樣，妳去將他們趕走吧，只要他們離開即可。」

「咦？爲什麼是我得替那個女人擦屁股？明明跟我們沒關係嘛。」喜鵲噘起嘴巴，露骨地表達不滿，「織女大人，妳沒必要連這種小事也……」

「妾身可不想讓人認爲妾身不懂知恩圖報。況且，妾身現在可是莉奈的妹妹。」織女說道，她利用了一點小法術讓宮莉奈對自己的存在毫不起疑，「假使不是妾身的力量泰半都分給了三名部下，妾身也不需……」

「我知道了，織女大人，我這就把屋外的東西趕走。不管有沒有力量，這事都不該讓織女大人妳來做，妳可是尊貴的身分！」喜鵲拍拍翅膀，飛離織女的頭頂，「小的這就去了！」對織女比出敬禮的手勢，喜鵲瞬間飛下一樓，如過無人之境地穿出了大門，來到屋外。

近十一點半的小巷內看不見任何人影，襯著水銀色的路燈光芒，更突顯冷清。可是在喜鵲的感官中，卻又是另一幅截然不同的光景。

在宮家的大門外，散亂著一小團一小團的黑色碎塊。從那微微蠕動的模樣來看，彷彿擁有生命一般。

喜鵲坐在圍牆邊緣，居高臨下地俯望那些人類無法看見的東西。

那是雜鬼，負面的意念加上一些沒自主意識的幽靈碎片組成的東西。

「啊啦，眞不曉得那女人是從哪裡帶回來的？有這些雜鬼在，那地方總有一天會出問題，不過跟我也沒關係。現在重要的是，怎麼處理掉這幾隻？」喜鵲踢晃幾下雙腳，眼眸滴溜一轉，靈活的大眼內閃動著不懷好意的光芒。

「雖然織女大人是交代趕走就好，不過我們鳥類是夜盲嘛，所以啦……」喜鵲一彈手指，細小的銀色光芒如同子彈，接連地射擊在底下的雜鬼身上。

頓時，就見雜鬼被擊中的地方貫穿一個洞。那洞越擴越大，一轉眼雜鬼黑色的身軀漸漸化爲烏有。

在神話故事「牛郎與織女」中幫助兩人會面、眞正原形是喜鵲的細辮子少女愉悅地咯笑。

「就算不小心通通消滅，也是沒關係的嘛。」

第二針

嘻笑聲、說話聲，正處第一節下課時間的一年六班教室內外，到處都充斥著一片鬧哄哄的聲音，學生們像是積忍許久，一抓到自由時間，就拚命地揮霍活力。

而在一年六班的教室裡，卻有一顆顯眼的白色腦袋趴在桌面上。

從一身制服來看，可以知道那是一名少年。除此之外，在這名白髮少年的方圓一公尺以內，竟不見有人敢逗留在旁，簡直就像他的身旁有一層看不見的結界似地。

並不是眞的有什麼結界阻止他人靠近，而是沒人「敢」冒著生命危險，去吵到正埋頭大睡的宮一刻。

利英高中的所有學生都知道，他們學校有兩號不能惹的人物。一個是二年級的不良少年老大，江言一；還有一個，就是連江言一都曾敗在他手下的宮一刻。

但出乎意料地，就在過沒幾分鐘之後，竟然有一名男學生面色如土地走近一刻身邊。

班上其餘人見到這般景象，心裡不免湧上驚訝。而在見到那名男學生居然還叫喊著一刻的名字後，驚訝更是成了驚嚇。

吵醒一刻的行爲無異就是在捋虎鬚，這位同學未免也太大膽了？根本就是勇者！

受到眾多注視目光的男學生卻是有苦說不出，他也是千百個不願意，難道沒人發現到他的臉色比紙還白，聲音呈波浪線地顫抖嗎？

眼見被呼喊的對象毫無反應，男學生深吸一口氣，用上了畢生的勇氣，伸出手，很輕很輕地——推了一刻一下。

剎那間，一雙凶惡猙獰的眼睛從髮絲下露出，那眼神宛如要將人生吞活剝一樣。

「噫……噫……」男學生駭得發出了奇怪的叫聲，雙腳反射性連連後退，差點把身後的桌子給撞倒，「有、有人找你……宮一刻，外面有人找你！」

大叫出這句話後，男學生不由自主地閉上眼睛，害怕地等待疼痛落下。

一刻連看也沒看對方一眼，他轉向教室外。一開始他並沒有瞧見什麼熟悉的身影，直到門口出現了一人。

當那人一出現在一年六班的教室外，一瞬間，教室內的聲音都化為死寂。

所有學生忍不住要嚥口唾沫，驚悚地猜測那名人物怎麼會跑到一年級大樓來。同時他們也明白，方才那位男同學為什麼肯冒著生命危險叫醒一刻了。

……當要你做這事的人是江言一的時候，你敢說不願意嗎？

「江言一!?」一刻瞪著教室外的金髮少年，半晌後才想起昨夜接到對方發來的簡訊，說今天有事要來找他，「幹，到底什麼鳥事……」

一刻不耐煩地耙耙一頭白髮，被吵醒的怒氣使得他的表情看起來愈發險惡。不過即使如此，他還是從座位站起，走向江言一。

當利英高中兩名最惡名昭彰的人物同時站在一塊兒時，那份魄力和氣勢登時讓周遭全數淨空，沒有哪位一年級的學生敢隨意接近。

但無數雙眼睛仍在暗中緊盯不放，深怕錯過任何一個精彩的鏡頭。

這可是二年級老大對上一年級老大啊！

一刻和江言一自然不會沒發現那些窺探的目光，他們倆都不是喜歡被人盯著瞧的個性，分別給了那些探頭探腦的學生凶惡和陰冷的視線，兩人有默契地直接走向樓梯間。

「找我什麼事？」單憑一記眼神就將原本逗留在此的學生嚇跑，一刻倚著牆，雙手抱胸，「有話快說、有屁快放，別浪費我的時間。」

「你的那兩隻看門犬今天沒跟著你？」江言一揚起眉，對於一刻身邊居然沒有待著蘇染或蘇冉而感到訝異。

「江言一，你叫我出來只是想讓我撕了你的嘴巴的話，用不著那麼大費周章。」一刻臉色沉下，眼神狠厲，手指已經握折得卡卡作響，大有隨時要和對方打上一架的準備，「蘇染他們是我的朋友，你敢再那樣叫他們的話，老子他媽的會把你打得滿地找牙。」

「心領了，我沒興趣和一個有認人障礙的笨蛋打架。」江言一在說起這件事的時候，還是忍不住有些咬牙切齒。

一刻面無表情，他現在很確定，江言一果然是來討打的。

如果不是江言一拋出了問題，一刻眞的會不客氣地用拳頭來回應他的期待。

「所以呢？你那兩個有跟蹤狂屬性的朋友今天沒來？」江言一換了另一種說法。

對此，一刻發現自己還眞沒辦法替蘇氏姊弟辯駁什麼。他抹了一把臉，方才的火氣消弭下去，他說，「他們請病假，流感中標了。你問這幹什麼？」

「是嗎？我本來還想找你叫他們混進莉奈姊開的補習班……」沒有回答問題，江言一反倒若有所思地喃喃自語。

「莉奈姊的補習班？」一刻沒漏聽這幾個關鍵字，同時他也覺得這話莫名地熟悉——這根本就是他昨晚想到的辦法！

一刻的腦子轉得快，馬上就推敲出大概。

「你知道莉奈姊的補習班出了什麼事？」他猛地扯住江言一的衣領，氣勢凶猛地逼問道。

「只知道個大概。」江言一神色未變，只是將扯著他衣領的手指一根根拉開，「昨天等莉奈姊下班的時候，聽到其他人談論她補習班的事。他們說，『莉芳語文教室』最近會一直徵工讀生的原因，據傳是因爲……」

「因爲？」

「因爲工讀生撞鬼了。」

「什……」一刻張口結舌，「不是吧？我操！又是鬼!?」

不能怪一刻露出這種反應，畢竟利英高中之前也曾鬧過鬼，那時鬼群的數量還多得整間學校都是，一刻都覺得自己幾乎把一輩子的鬼都看夠了。

「喂喂，你確定不是那些人在唬爛？」一刻不是要懷疑，但那棟集結各家補習班的南陽大樓，從很早以前就流傳著不少靈異故事。

「我沒要你相信我，不過我聽見的確實是如此。」江言一冷笑，「宮一刻，我叫你出來是要跟你討人情的。」

「啥鬼人情？」一刻瞇起眼，「我可沒欠你什……幹！」

「顯然你想起來了。」江言一不置可否地聳聳肩，「你當交換學生那次，還有送你家那個小鬼到湖水鎮那次。」

江言一說的這兩件事，一刻都還記得——

前者是他和另外兩位朋友爲了追查瘴的下落，成爲交換學生前往思薇女中就讀，卻在那時碰到一群不良少年圍堵，是江言一率眾前來幫忙；至於後者，則是前些陣子發生的事。由於不甘心被留在家裡，織女居然打電話找上江言一，要他載自己到……

不對，等一下！

「我聽你在靠杯！爲什麼是我欠你人情？兩次叫你過來的都是織女那小鬼吧？」差點就替人揹了黑鍋的一刻不爽地說道。不過隨即他又變了表情，他咋了下舌，「算了，當我欠你也可以，反正莉奈姊也是託你看顧好幾次……你是要我做什麼事？」

「放學後跟我到南陽大樓一趟。」江言一說，「既然你那兩個朋友沒辦法幫忙的話，只好我們自己來了。不查出原因，好讓莉奈姊安心的話，我就不姓江。」

看著陰冷撂下狠話的金髮少年，一刻默默地將險些滑出的句子憋了回去——

那你乾脆入贅跟著莉奈姊姓宮算了。

□

和江言一分開後，一刻才一回到教室前，就發現走廊上圍著不少人，男女學生都有。他們似乎在觀看什麼，不時還有「好可愛」、「聽說是來找哥哥」、「誰家的妹妹」等句子從人群中飄出。

一刻沒多想，自顧自地就要回教室裡繼續睡他的覺，卻沒想到他前腳剛踩進教室門口，人群中忽然冒出了一聲叫喊。

「喂，白毛！」

一刻的腳步硬生生煞住了，聽見這聲呼喊的圍觀學生們也頓時沒了聲音，反射性地全往一刻的方向看去。

染著一頭醒目白髮的少年慢慢地轉過身，當他瞧見人群散開，方才被包圍的原來是一名五官精緻的小女孩，和一名綁著細辮子的俏麗少女時，他的表情瞬間因爲震驚而扭曲。

「白毛，你是想當我們不存在嗎？」細辮子少女睜圓古靈精怪的眼睛，雙手扠腰，「這是對待特地前來的我們的方式嗎？」

「一刻，妾身眞是太傷心了，虧妾身還爲了一刻你……不，爲了哥哥你做了愛心便當。」小女孩故作傷心地擦擦眼角，另一手特意舉高，讓人看清她手中的提袋，「難道你一點也不覺得高興嗎？」

「啊！你居然讓人難過了？」細辮子少女控訴般地直指一刻的鼻子，「太沒禮貌了！你究竟要無禮到什麼程度？你這個笨蛋笨蛋白毛！」

「毛妳老木！妳他X的是有多歧視白毛！」一刻暴怒，猙獰的眼神像要吃人，不只震懾住走廊上所有人，也讓細辮子少女下意識噤聲。

不待任何人反應過來，一刻果斷俐落地挾抱了一個，再拉住了另一個，隨即奔離人多口雜的走廊。

也不管自己是跑到什麼地方，一確定四下無人，一刻立刻將兩人扔下，臉色鐵青，射出的目光又凶又狠，就像有把刀子狠狠地戳在人身上。

「妳們兩個……」一刻從齒縫間擠出聲音，「現在立刻給老子交代清楚，妳們靠杯的爲什麼會在這裡？織女！喜鵲！」

「哎？妾身不是說了嗎？妾身是來替親愛的哥哥送愛心便當的呀。」黑髮小女孩，也就是分予一刻神力、並以「妹妹」的名義住在他家的織女甜甜地笑著說，這模樣可愛又惹人憐愛。

不過一刻壓根不吃這套，他抱胸冷笑，目光掃至另一人身上，等著她所謂的解釋。

變回巴掌大尺寸的喜鵲飛至織女頭頂，懶洋洋地打著呵欠，「呼哈……你以為我愛來嗎？要不是織女大人堅持要當面跟你說……」

「當面說什麼？」一刻果決地質問起織女，和喜鵲說話他還得預防自己先不要被氣死，「織女，妳要是一分鐘內不交代清楚，妳以後都沒布丁吃了。聽清楚，是一個都沒有。」

「什……居然以此威脅妾身？」織女大感震驚地以雙手摀臉，「小一刻，你學壞了。」

「幹，不要學莉奈姊講話。」一刻抖落一身的雞皮疙瘩，一把抓起還不肯說實話的小小神明，他才不相信這丫頭就只是專程來送便當。

要是真的，他就……嗯，就把江言一的名字倒過來寫！

「織女，妳還剩下四十秒的時間。」

「一刻，你真沒幽默感耶，這樣會不受女孩子喜歡的。」織女撥掉那隻像抓小雞般對待她的手，跳回地面上，下巴抬高，精緻的小臉上是趾高氣揚的表情，「不過妾身可以原諒你的幽默感缺乏症。」

「謝謝喔。」一刻冷冷地說，「老子要回教室了。」

「不行！等一下！」織女大驚，立刻用最快的速度抱住一刻的大腿，「讓妾身說完啦，妾身還沒把話說完呢！」

一刻只想翻一個大大的白眼。靠么咧，不知道是誰浪費那麼多的時間？

「咳，一刻。」織女正正表情，小臉嚴肅，「妾身有事要離開一、兩天，要去繼續清除淨湖的污染。」

「妳之前還沒清完嗎？」聞言，一刻的神情也跟著嚴肅起來。

淨湖，是位在湖水鎮的一座湖泊，湖裡棲息著備受當地人信奉的守護神。但是那樣美麗的湖泊，卻在多年前被人棄屍，死者的怨念形成了毒素，使得守護神的力量遭到污染，日漸衰弱。同時，守護神的兩名神使又受到他人矇騙，誤以為斬殺越多的瘴，就能幫助自己的神，進而利用不正當的手段，強行製造瘴的出現。

衰弱的守護神為了阻止自己的神使，便向正好前來湖水鎮度假的一刻等人尋求幫助，總算是使得一連串的事件安然落幕。

而積淤在淨湖的毒素，織女則是應允會幫忙處理。

一刻本以為當初在湖水鎮時就已清理完畢，如今聽到織女還要再度前往，才會顯得訝異。

「呆瓜，這種事是那麼快就能解決的嗎？」喜鵲鄙夷地給了一刻一眼，「你當是吃泡麵嗎？三分鐘就大功告成？笨耶，當然要不少時間。」

「喜鵲，妳再罵我一次，我會把妳從這裡丟出去。」一刻面無表情地說。他又不是M，最好被人罵還會高興。

「啊啊？」就算之前眞的好幾次被扔出去，喜鵲還是挑釁地揚高了眼角，「白毛，你眞當我……唔唔！」

「就是這樣了，一刻，不過這次妾身應該就可以完全處理好。」織女伸手抓住自己頭上的細辮子少女，「妾身會盡快趕回來的。妾身不在的時候，如果看見其他小蘿莉，也千萬不要被魅惑過去喔。」

「喂喂。」他又不是什麼變態蘿莉控。

「還有這個給你。」織女忽然掏出了兩個用華麗布料做成的小布袋。袋口束緊，裡面似乎放有什麼，整體大小約莫一個拳頭大，「一刻，一個你自己帶在身上，一個給莉奈，這是護身符。」

「護身符？」一刻半信半疑地收下。

「可以擋掉一些小小的髒東西。當然，如果你要將它當成妾身，寂寞的時候就拿出來想念，妾身也絕不會反對的。」織女笑咪咪地說。

一刻則是直接表達出嫌惡的眼神。

鬆開抓著喜鵲的手，讓對方拍拍翅膀在空中變回原形，織女飛上了圍牆，一個跳躍落至那隻巨大鳥兒的背上。

「掰掰啦，一刻，不要太想念妾身哪。啊，這是注入妾身的愛心、用心和專心做成的便當，要懷著感恩的心品嚐喔！」見一刻接住提袋，織女滿意地點點頭，隨後她輕拍喜鵲。

比人還大的鳥兒頓時尖鳴一聲，振翅高飛，轉眼間就化成遠方的小黑點。

一刻瞇眼望著一人一鳥離去的方向，心中有些鬆口氣。

織女的心情看起來還不錯，渾然沒有幾天前的悶悶不樂。也許……也許她是暫時先忘了牛郎還沒回信的事。

不過那個叫牛郎的傢伙，沒待在天界……到底是跑去哪兒了？

一邊在心裡決定如果讓他碰上牛郎的話，一定先給他一拳，一刻一邊打開據說是放有愛心便當的提袋。

當袋子裡的內容物映入眼中，一刻默了，他朝空中豎起中指，同時在心中用各種髒話問候那名用三顆御飯糰唬爛他的小蘿莉的祖宗十八代。

□

和江言一約好要去南陽大樓的時間很快就到了。

由於南陽大樓和利英高中有一大段的距離，如果搭乘公車過去，還得再轉車一次，不但不方便又浪費時間。也因此，利英高中的學生們都習慣四、五人共乘一輛計程車，平均分擔下來，一個人的車資也不到三十元。

所以，這就造成了每逢放學時間，利英高中的大門前都會停靠著眾多計程車的特殊景象。

不過，一刻並沒有要搭計程車到南陽大樓，他是讓江言一騎機車載過去的。

雖然是惡名昭彰的不良少年，但江言一騎車時倒意外地規矩。全罩式安全帽、後照鏡沒拔除、排氣管也沒進行什麼改造，不管怎麼看，都是遵守交通規則的優良騎士。

而讓一刻吃驚的則是另一點。

「你這小子有駕照？」

「我晚讀不行嗎？」對這個問題，江言一很冷淡地給予了答覆。

騎車到南陽大樓大約花了二十分鐘的時間，大樓裡外全是要來這補習的各校學生，不同顏色的制服充斥在街道上。周遭的小吃店或攤位前，擠滿了要買晚餐的學生，可說放眼望去，所見的除了人群、人群、還是人群。

一刻和江言一直接走進了大樓。

一樓兩側的電梯前全大排長龍，光是等電梯就不知道要花上幾分鐘的時間。

或許是因爲這裡的學生來自各地各校，大多數人並不知道一刻和江言一是誰，最多只覺得兩人散發出的氣勢令人不敢接近，因此並沒有在學生群中引起恐慌。

瞥了一眼燈號仍舊停在高樓層的每一部電梯，一刻咋了下舌，朝江言一抬抬下巴，示意他們乾脆走樓梯上去，反正「莉芳語文教室」也只是在七樓而已。

南陽大樓的安全梯平常少有人打掃，樓梯間積了不少學生吃完食物後隨手扔下的垃圾，加上燈光偏暗，有幾個樓層還沒有人承租，空無一人，所以大部分的學生都寧願等候電梯。

不過仍有少數人想節省時間，採步行的方式。

一刻和江言一才走到三樓，就發現有好幾名女學生慌慌張張地從樓上奔了下來，全然沒注意到一刻他們，還能聽見她們彼此互相抱怨著。

「都是妳，誰教妳要走樓梯的？」

「我就說直接等電梯嘛！」

「爲什麼怪我？妳們明明也答應……眞是的，我怎麼會知道有人堵在那邊啦！」

女孩們的話聲一下子就飄遠了，幾個人的身影也消失在下層樓梯。

一刻和江言一互望一眼，繼續往樓上走。

當他們接近四樓的時候，就聽到一陣屬於少年的嘻笑聲，還有一股菸味飄出。菸味混著樓梯間本來就有的潮濕和霉味，更是形成了一股古怪的氣味。

即使還沒見到上方的景象，一刻他們也可以猜出方才那幾名女孩子爲什麼會急著跑下樓。碰到有人堵在通道間抽菸，也難怪她們會害怕招惹上什麼麻煩。畢竟三、四樓都是空樓，就算大聲呼救恐怕也沒人知道。

一刻與江言一倒是完全不在意，無視那些不加節制的嘻笑聲，兩人走上了四樓的樓梯，果然瞧見一群席地而坐的學生們。

這群少年完全堵住往上的路，大剌剌地彷彿把這裡當作是他們私有的地盤一樣。

少年們正熱烈地高聲喧譁，手裡夾著菸，腳邊還擺了幾罐啤酒，誰也沒注意到身後有人要通過。

「閃開。」一刻拎著書包，沒耐性地開口。

少年們還是不將這句話當一回事，連瞥一眼都覺得沒必要。

一刻的眼中閃過凶狠，但在他有所動作之前，江言一卻先一步地從他身旁越出。

這名金髮少年掛著冰冷的笑，毫不客氣地一腳踩上一名少年撐在地上的手背，鞋跟冷酷地施加了偌大的力氣。

剎那間，宛如殺豬似的慘叫在樓梯間爆發出來，被狠狠踩住手的少年扭曲著一張臉，反射性地想抽回自己的手。

江言一卻是已經移開腳，改一把扯住對方的衣領，將人提起。

「閃，還是不閃？」江言一露出了微笑，可他細狹的雙眼卻毫無笑意，陰冷得可怕。

被人扯起的少年瞬間因那嚇人的眼神而駭得噤聲。

其他穿著制服的少年憤怒地跳起，可是，在那幾雙眼睛看清面前之人的模樣後，少年們登時慘白了臉，僵住了身子。

南陽大樓的學生來自各校，不見得每個都知道宮一刻和江言一是誰，但不代表就完全沒人知道，眼下這群少年們就讀的學校，碰巧正是利英鄰近的一所高中。

而更碰巧的，他們不只聽說，還見過利英的這兩號人物。

「江、江……」被一把扯住衣領的少年發出驚恐的顫聲，「宮、宮……」

「江言一，你抓著那傢伙做什麼？」一刻不耐煩地掏掏耳朵，「有人讓道了還不快點上去？」

一感到自己的衣領被人放開，少年立刻連滾帶爬地和同伴們緊貼牆壁，深怕自己的存在會讓一刻他們感到擋路。

好不容易等那兩抹煞星般的身影消失在上方樓梯，少年們頓時宛如虛脫般地滑坐下來，有種濃濃的劫後餘生之感。

誰想得到他們只是坐在這抽菸聊天，竟然就會碰上利英高中的江言一和宮一刻？

「所以……他們是來這幹嘛？」有人忽然乾巴巴地問了。

一時間所有人你看著我、我看著你，臉上是無比的茫然與困惑。

誰都知道南陽大樓是著名的補習大樓，難道說……那兩人來這是爲了補習嗎？

第三針

一刻來這當然不是為了補習。

他對自己在課業上的學習能力很有自知之明，真的參加什麼補習班的話，他也只會在課堂上昏睡。更何況，他身邊有蘇染和蘇冉在，靠著他們整理出來的筆記，他的成績總算是能低空飛過。

他會來南陽大樓，是為了還江言一一個人情，同時他也想查清楚究竟是什麼事，使得他的堂姊這陣子都因為沒有工讀生幫忙分擔工作，而顯得疲累不已。

最開始，一刻和江言一想到同樣的辦法，他們希望能藉由蘇氏姊弟成為這裡的學生，進而暗中查探，只可惜這對孿生姊弟正因重感冒臥病在家。

於是江言一決定親自上場。

說是親自上場，一刻還真不曉得他是在打什麼主意，難不成他自己要報名就讀嗎？在懷抱著疑問，但也懶得問出口的情況下，一刻和江言一來到了七樓。

只不過才剛走出安全梯的門口，就連一刻也沒想到會有另一抹身影不偏不倚地和自己撞在一塊，衝力大得讓他完全來不及穩住身勢，或抓住什麼作為支撐點，整個人頓時失衡地跌坐在地板上，身上還壓著那名讓他跌倒的罪魁禍首。

而慢一步走上樓的江言一，在看見白髮少年往地面跌坐下去的瞬間，不是即刻伸出援手，反倒是避免自己被波及地退了一步。

一刻一點也不在意江言一有沒有攙扶他一把——如果他做出這種事，他才會起雞皮疙瘩——屁股撞擊到地面的疼痛讓他扭曲了臉，一雙眼睛就像要吃人般地厲瞪向把他當墊背的傢伙。

可是這一瞪，原本已經來到舌尖前的髒話，卻在這瞬間硬生生地嚥了回去。

——一刻再怎樣也沒辦法做出對著一名只是撞到他的女孩子破口大罵這種沒品的事。

對，將一刻撞倒在地的，原來是一名長髮及肩的少女。頭髮是染得漂亮的褐金色，身上穿著粉紅色制服搭深藍色裙子。

少女似乎也知道自己犯了錯，正慌慌張張地想要自一刻的身上爬起來，被髮絲遮掩的臉面下方不停地傳出緊張的道歉聲。但也不知道是不是太緊張，她猛地抬起頭，竟是撞上了一刻的下巴。

一刻眞的罵出「幹」字了。

「噫！噫！對、對不起……」少女的嗓音染上哭腔，她摀著自己其實也在發疼的頭部，畏縮不安地慢慢抬起臉，一雙烏黑的眼眸沾著淚水，就像兩泓汪汪的潭水般。

一刻怔住了，想抱怨的話卡在喉嚨裡，彷彿一時間忘記身上的多處疼痛，只是瞬也不瞬地看著面前給人柔弱印象的美麗少女。

一刻不是沒見過漂亮的女孩子，他的兩名女性朋友，蘇染和花千穗，前者是知性清麗的

7/6

美；後者是連字彙也難以形容的完美。就連他一位有女裝癖的朋友，裝扮起來也活脫脫是名令人看不出眞實性別的美少女，可是，面前褐金髮色的少女卻是完全不一樣的類型。

纖細又楚楚可憐的氣質容易讓人激起保護慾，泛著淚光的翦翦眸子宛若可以使人溺於其中，難以自拔。

一刻不知道自己現在究竟是怎樣的心情，他只知道自己沒辦法移開視線……

不僅是一刻，包括抬起臉的褐髮少女也是怔怔地凝望著他，淚水在她眼中像是忘記要墜下。她微張雙唇，出神地凝視還被自己壓在下方的白髮少年，一隻手無意識伸出，眼看就要撫上對方的臉——

江言一面無表情地踢了一刻一腳，剎那間，曖昧的氣氛被打破。

一刻的心神全數歸了位，他想也不想地扭頭朝江言一大罵，「幹拎娘咧！你是踢三小！」

粗暴的髒話和瞬間自一刻身上捲出的凶狠氣勢，立刻也使得少女回了神。她忙不迭地收回手，倉皇不安地飛快跳起，如同一隻受到驚嚇的小兔子。

「對不起！眞的很對不起！」少女拋下道歉的話語，就急忙地跑下了樓梯，還可以聽見急促的腳步聲在樓梯間迴盪。

一刻愕然地望著速度快得簡直有如脫兔的少女消失的方向，一時也忘了要找江言一算帳。半晌後，他才喃喃地開口，「什麼跟什麼啊……」

「不管是什麼跟什麼，宮一刻，你還想坐在地上多久？你屁股是黏住了嗎？」江言一居高臨下地睨了下方的一刻一眼。

「黏你去死！」一刻火大地給了江言一一記中指。要不是記得這裡是宮莉奈工作的地方，他早就狠狠地給眼前的傢伙一拳了。

凶戾地瞪了下江言一，一刻拍拍褲子站起。他揉揉還在作疼的下巴，剛剛那名少女柔弱歸柔弱，腦袋卻是堅硬得很。

「幹，最好別給我瘀青……」一刻咕噥著，目光又不自覺地投往安全梯方向，「所以那女的……不是這裡的學生嗎？」

「別層樓來借廁所的吧？」江言一理了理衣領。

一刻原本想吐槽對方是從哪裡看出來的，可是當他朝褐髮少女之前奔出的方向一看，他啞口無言了——

那地方，確實就只有廁所而已，沒別的出入口，也沒別的設施。

抹了把臉，將見著那名少女時的異樣感覺壓下，一刻和江言一往「莉芳語文教室」走去。

比起其他樓層驚人的人潮，這裡的學生不算多，學生們不是在另一間休息室忙著吃完買回來的晚餐，就是待在待會兒要上課的教室裡，走廊上和電梯外的通道因而顯得格外冷清。

一刻曾多次來過這裡，他領著江言一熟門熟路地走進補習班內。

最先注意到他們的，是坐在櫃台前的助理小姐。

「莉奈主任的弟弟？」助理小姐也認得一刻，她有些吃驚地站了起來，「弟弟，你怎麼會來我們這？主任她今天不在呢。」

「莉奈姊不在？」這下驚訝的人換成一刻了。

「莉奈主任今天在外面跑公差。」另一名鬈髮女子也滑著椅子湊了過來，她是專門教授作文的楊老師，「回來不知道是幾點的事了。一刻，你有什麼重要的事要找她嗎？你好久沒來這裡了。」

「這個，也不是什麼……」一刻含糊地說，一時間還眞不知道該怎麼回答。但他同時也注意到，以往櫃台內坐著多名工讀生的光景不再，就連站在教室門口負責點名的，還是教英文的方老師。

由此可以看出，這間補習班的人手有多麼不足。

「啊，我知道了！」助理小姐忽然恍然大悟地拍了下手，接著感動熱切地抓住一刻的手，「弟弟，你是要幫主任整理座位的對不對？請請請！」

「靜怡姊，妳是在說……」一刻的視線在觸及斜前方的某張辦公桌時，聲音登時卡住了。

就算那張桌子前沒坐人，也沒擺放什麼名牌，可是光從那像是隨時會崩坍的驚人雜物堆來看，不只一刻，連江言一也可以輕易地知道那位子的主人是誰——

只有宮莉奈才有這種弄亂環境的可怕天分！

一刻黑了臉，「莉奈姊居然還敢騙我……說什麼她工作用的桌子多乾淨、多整潔……」

「我比較吃驚的是你會相信莉奈的這些話。」帶笑的爽朗女聲自後響起。

一刻回過頭，看見一名穿著俐落褲裝的短髮女性站在他們身後，化著淡妝的臉龐上露出親切的笑容。

「唷，一刻，真的好久不見呢。這位是你同學嗎？」

「曼芳姊。」一刻馬上有禮地打了聲招呼。面前的女性不但是自己堂姊的同事，還是交情深厚的高中同學，在他年紀尚小的時候就已經認識自己了，因此一刻對她也格外地尊敬。

用手肘撞了江言一一記，示意他也跟著打招呼後，一刻又說道：「這位是江言一，他比我大一屆。」

「原來是一刻的學長嗎？」林曼芳感到稀奇地望著江言一。認識一刻那麼多年，這還是她第一次見到他身邊跟著蘇氏姊弟以外的人。

學長？反倒是一刻愣了一下，似乎是到了這時才反應過來自己和江言一是學長跟學弟的關係，他的眉頭立即嫌惡地皺了一下。

江言一也是差不多的反應。

很顯然地，這兩人都不怎麼喜歡這種分出輩分的稱謂。

「曼芳姊，我們來是……」一刻將這話題扔到腦後，但他開口說了幾個字，頓時又不知該怎麼接下去。總不能叫他直接問：曼芳姊，聽說妳們補習班鬧鬼？

林曼芳卻是完全誤解了他的來意，「是莉奈跟你說了打工的事嗎？」

「咦？」一刻呆住。

「我就知道，莉奈一定不會那麼狠心拒絕的！」繼續誤解一刻的反應，林曼芳開心地笑瞇了眼，抓住一刻的手熱情地搖了搖，「一刻，你願意來我們這打工我真的很高興。放心好了，曼芳姊絕對不會虧待你的！哎呀，莉奈也眞是的，還把你要來打工的事偷偷瞞著……唔，果然是要給我們驚喜吧？」

「太棒了，我可以不用再登徵人廣告了！」助理小姐感動無比，她已經受夠不停面試的無限循環，「弟弟，你眞是我們的大救星！」

「哎？一刻要來我們這打工嗎？什麼時候說好的事？」昨日請假的楊老師聽得一頭霧水。

「楊老師，是昨天談到的事。」助理小姐熱切地解釋著，可她隨即想起什麼，迅速地又轉頭望向一刻，「弟弟，問你一個重要的問題。你會怕阿飄嗎？我問這個沒特別的意思，只不過你也知道，南陽大樓流傳著一些靈異傳說，加上我們下班時間也晚，所以膽子大一點的話比較好……咳，我眞的沒什麼特別意思！」

一刻看著說到後來緊張辯駁的助理小姐，深切地體會到什麼叫作欲蓋彌彰。

看樣子，補習班鬧鬼的傳聞很可能不單只是傳聞。

不過一刻也不會放過這個誤打誤撞得來的機會，有什麼身分比「工讀生」更適合打探補習班的消息？

「是莉奈姊跟我說打工的事沒錯。」他順著眾人的誤會說下去，「曼芳姊，我什麼時候可以來上班？工作時間和內容是？」

「明天，一刻你明天就能來了！」林曼芳笑容滿面，「你畢竟是高中生，所以放學再到我們這裡來就行了，下班時間跟我們一樣。工作內容也很簡單，就是幫忙整理講義、打掃環境，或者是接個電話。對了、對了，一刻的學長有興趣嗎？這位江同學你有想要打工嗎？啊，還是你今天來是要報名我們的課程？」

「你可以報莉奈姊教的國文。」一刻低聲地提供情報，當作是賣人情給江言一。

不可否認，江言一在瞬間確實有些動搖。但轉念一想，工讀生可以比學生還要更親近這裡的老師，連下班也可以正大光明地一起下班，他心中的天平立刻倒向另一端。

「我打工。況且，我也沒興趣和一群笨蛋坐在一起。」江言一傲慢地說。

「靠，說得你有多聰明似地……」一刻撇了撇唇，「你當你是二年級第一名嗎？」

「我是。」江言一冷冷地吐出了兩個字。

「聽你在唬爛，最好你是……」一刻反射性回話，然後他慢半拍才真正將江言一的話給消化進去。

那傢伙剛說了什麼？他說他是？

「靠杯！眞的假的？你這種傢伙是二年級第一名⁉」一刻睜大了眼，從來不曾想過眼前這名被自家堂姊迷得團團轉的金髮少年，學業成績居然是好到這種驚人的地步，「我操！你們二年級是人都死光了嗎？」

「宮一刻，你他媽的就不能管管你那張嘴巴嗎？」江言一被對方見鬼似的表情弄得火大，惡狠狠地瞇起狠戾的眼，「學校教的那些破爛東西，有辦法差點不及格的人才是白痴。」

「馬的，你有種再給老子說一次！」成績時常低空飛過的一刻這下也不爽了，他猛地揪住江言一的衣領，目光凶暴。

「主、主任！」助理小姐慌慌張張地向林曼芳求救，就連楊老師也是緊張地準備隨時衝上，以防兩名少年眞的在這地方大打出手。

一刻的火爆脾氣她們是都知道的，但她們可沒想到那名看起來冷淡俊美的金髮少年，也是個說炸就炸的火藥筒。

「放心、放心。」林曼芳老神在在，一點也不擔心一刻和江言一眞的爆發什麼衝突。

眼見補習班內的氣氛詭譎，一人冷靜、兩人緊張，另外兩人似乎眞的要打起來，忽然外面傳來「叮」地一聲，表示電梯在七樓停下了。

緊接著伴隨而來的，是屬於女孩子可憐兮兮的求饒聲。

「不要啦！哥，求求你不要逼我來這補習啦！我會更認真唸書的……哇啊！哥，你不要抓著我啦！」

「閉嘴，我一放開妳就會逃跑，也不想想妳考那什麼成績？」

「哥……」

吵鬧聲越來越接近補習班門口，所有人都下意識地望向那方向。

一刻也放開了手，他現在沒心情多留意江言一，他更在意的是……爲什麼那兩道聲音聽起來有些耳熟？

很快地，一修長一嬌小的身影就出現在大門處。

修長的是名穿著制服的少年，五官英挺俊秀，但繃得緊緊的臉部線條像是一副不高興的表情；嬌小的是名可愛的女孩，圓圓的眼睛和蓬鬆的短鬈髮，令人想到可愛的小動物。她身上穿的是和少年相同款式的制服，湖水色上衣，只不過下半身搭的是灰色百褶裙。

少年強硬地抓著女孩的手，徹底無視對方的掙扎討饒。

「哥，你太過分了！你這個冷血、沒良心的惡魔！你居然想把自己的妹妹推進火坑裡！」女孩氣急敗壞地嚷，雙腳拚命地施力，想要抵抗自己被人一路拽著走的命運。

「如果不是妳考不及格，我有必要將妳推進這個叫作『補習班』的火坑嗎？」少年的聲音又冷又硬，「我還樂得幫爸媽省下補習費。」

「哥！」

「不准再吵，進去後給我安分一點，否則……」少年的聲音在踏進「莉芳語文教室」，看見一群人正盯著他們看後頓時戛然而止，緊繃的俊顏流露掩不住的錯愕。

一部分的錯愕是來自他們兄妹倆成了注目的焦點，而絕大多數部分則是來自——

「好痛！哥，你幹嘛突然停下？我的鼻子要扁掉了啦……」煞車不及的女孩一頭撞上兄長的後背，她摀著鼻子，隨即注意到兄長的異樣，「哥？」

女孩是先是覷了覷一臉錯愕的高個子少年，接著她納悶地往前一看，瞬間她的嘴巴張成了吃驚的O字型。

「宮……宮一刻!?」女孩大叫出聲，「爲什麼你會在這裡啊？」

「媽啦，我才想問爲什麼你們兄妹倆會跑來這裡……」一刻無力地翻下白眼，都想問這是什麼見鬼的巧合了。

少年的名字是蔚商白，女孩的名字是蔚可可；這兩人正是當初在淨湖事件中遭到矇騙，差點走上邪道的神使兄妹，目前則是以交換學生的身分在利英高中就讀中。

「啊，我也沒想到會那麼巧……不是，來補習的只有蔚可可那女的，蔚商白那傢伙則是也被曼芳姊看上了。」

在只亮著一盞床頭燈的房間裡，一名白髮少年抓著手機，躺在床鋪上，低聲地跟著自己的青梅竹馬講電話。

「對，就是一樣被拗下來打工的意思……他說可以就近監視蔚可可，就一口答應了。」

只要一回想起幾個小時前所發生的事，一刻就會覺得這一切還真是湊巧。他和江言一順順利利地成爲工讀生也就算了，誰想得到還會在那地方碰上蔚商白和蔚可可這對兄妹。

一知道一刻和蔚氏兄妹認識，林曼芳立刻將主意打到蔚商白頭上，極力邀請對方也加入打工的行列。

一刻本來還想依蔚商白那一板一眼的性子，不會答應放學後打工這種事，但出乎意料地，他還眞的答應了，理由是能盯緊自己的妹妹，不讓她中途開溜。

那時候蔚可可花容失色的表情，連一刻都想同情了。

蔚商白簡直就像牢頭一樣，而蔚可可則是那個可憐、被人押著的犯人。

驀地，從手機傳出的壓抑咳嗽拉回了一刻的注意力。雖然知道對方看不到，一刻還是緊緊擰起眉頭。

「先說到這裡就好，蘇染，去睡覺。」

「才說了……十五分鐘……」蘇染不復平時清冷的沙啞聲音自手機另一端響起，光從聲音就聽得出她的感冒有多嚴重。可即使如此，她仍堅持要用手機和一刻聊天，不肯用MSN。

「十五分鐘已經夠久了，妳是忘記妳昨天還差點失聲嗎？」一刻的語氣滲入危險的意味，「打住，不准跟老子抱怨不能一起打工、不能一起調查事情，病人就要有病人的自覺。還有，蘇冉也一樣，他在旁邊等著也想說電話對不對？叫他也去睡覺。」

蘇染發出暗啞的笑聲，間或伴著幾聲壓抑不住的咳嗽聲，「一刻，你真了解……咳，我們……」

「我不會把這當作讚美的。」一刻翻了翻白眼，「最後一次，去、睡、覺，兩個都去，否則明天就別想知道我的打工情況。」

「那可不行……」蘇染嘆息，「我還等著更新資料。晚安，一刻。」

「一刻，晚安。」蘇冉的聲音接著也從手機裡冒出。

「啊，晚安。」和蘇氏姊弟道過晚安後，一刻將切斷通訊的粉紅色手機放到枕頭旁邊去。

他瞪著看不清圖案的天花板，慢慢地吐出一口氣，繼續等候宮莉奈的歸來。

宮莉奈今天也是比平常晚歸。

而為了不讓自己的堂姊阻止自己去打工，一刻還特地先拜託林曼芳，希望她和其他老師都別跟宮莉奈提起這事。

「不管怎樣，鬧鬼的事最好別是真的……」一刻抓過一隻綿羊玩偶抱著，喃喃地說。

他是神使，身上有織女賦予的神力，但他只打過妖怪，可沒抓過鬼，天知道神使的力量對鬼有沒有用？

正在胡思亂想之際，一刻忽然聽見樓下傳來了動靜，他立刻坐起身子，專心聆聽。

不像昨天很快就沒了聲音，這次一刻聽見有腳步聲上樓。

腳步聲拖得有點慢，顯示出主人的疲倦。聲音經過了一刻的房間外，接著就是一聲開門聲，然後是關門的聲音。

一刻不放心，還是忍不住離開床鋪，到房間外看個究竟。

宮莉奈的房門關得好好的，門縫下流洩出一絲燈光。

原本還擔心會見到有人橫躺在走廊或坐在門口睡著的一刻安下心，再次回到自己房裡。

扭熄床頭燈，任憑房間被黑暗包圍，一刻坐在床上，忽然覺得今夜安靜得不像話，安靜得……連他都不習慣起來了。

「果然是織女那小鬼平常太吵了……」一刻嘀咕著，不想承認自己已經開始想念總是充斥在家裡的熱鬧。他重重地躺了下來，伸直左手，看著無名指上靜靜發光的橘色光紋。

下一秒，他的手臂上隱隱浮現白光，白光轉眼就在皮膚上凝成一個圖案。

乍看之下，像是一刻在上頭刺了一條白蛇的刺青。

白蛇動了一下，脫出一刻的皮膚表層，化成實體，纏捲在他的手腕間。有著兩顆藍眼睛的頭部像是要安慰人似地蹭了蹭。

一刻放緩了銳利的眉眼，伸手輕輕地摸了摸白蛇的小腦袋。

這隻白蛇其實是淨湖守護神獨立出來的力量分身，原本是小男孩的模樣，卻爲了保護一刻而形體散逸，僅留意識。

在發現到自己的分身想留在一刻身邊後，淨湖守護神就將牠送給了一刻。

「我可沒什麼事，你用不著太擔心。」一刻改輕彈一下白蛇的頭，看見牠的藍眼睛裡露出委屈的神情，他失笑，「得了，你也乖乖休息吧。」

待腕間的白蛇消失蹤影，一刻也閉上眼。

然而在眞正睡著之前，不知怎地，他腦海一直被一雙含著淚的翦翦水眸佔據——

他忘不了今晚在補習班和自己撞在一塊的那名女孩子。

第四針

今天補習班的氣氛有點不太一樣。

宮莉奈不知道該怎麼具體形容，但她的確覺得與昨天、前天、甚至更早之前都不相同。

不是學生的關係。宮莉奈看著陸續從外走進的學生，暗暗搖了搖頭，接著又偷偷瞄向坐在自己周圍的同事。

六點要準時上課的方老師心情看起來不錯地在整理教材；今天沒課的謝老師、楊老師沒有出現；至於助理小姐，幾乎是眉開眼笑地敲著鍵盤，一反前幾日的哀聲嘆氣。

怎麼回事？靜怡的心情也好得太非比尋常了吧？

「莉芳語文教室」的經營者之一訝異地直盯著她們的助理小姐，完全忘記掩飾自己明目張膽的打量。

被猛盯著看的助理小姐渾然未覺，似乎也沒發現她的老闆正射出像是探照燈的目光，她開心得就像要哼起了歌來。

*這眞的太、太奇怪了！*宮莉奈瞇起眼睛，不自覺地往助理小姐貼近。

等到助理小姐發現自己的右側好像有什麼東西靠近，納悶地轉過頭時，映入眼中的赫然是宮莉奈放大特寫的臉龐，兩人的距離近到只剩幾公分。

「呀啊！」助理小姐發出驚叫，差點整個人從椅子上跌下去。

「哇！靜怡！」宮莉奈也驚呼，卻是爲了助理小姐的安危。她眼明手快地抓住對方的手臂，總算成功化解一次危機。

不管是抓人的或被抓的，兩人都是心有餘悸地大口喘氣，胸口內的心臟怦怦亂跳。

「我的天啊！主任、靜怡，妳們是在幹什麼……」方老師也被驚嚇到中斷教材的整理，注意到從櫃台前經過的學生好奇地看著他們姿勢有些怪異的主任和助理小姐，她連忙板起臉孔，「趕快進去教室，還沒吃晚餐的把握時間吃一吃，等一下就要開始點名了！先提醒，今天可是會有小考的！」

「小考」兩個字對學生而言，就像最可怕的洪水猛獸。頓時就見到凡是聽到此言的學生們全變了臉色，慌慌張張地用奇快無比的速度衝進教室，深怕晚了一步，複習的時間就少上那麼一些。

「呼……差點嚇死我了。」回到位上的宮莉奈拍拍胸口，「靜怡，妳怎麼坐到要跌下去？還好我有及時抓住妳。」

助理小姐一臉悲憤，心想：眞正的罪魁禍首明明就是主任妳啊！

渾然沒察覺助理小姐的怨念電波，本來要投入工作的宮莉奈倏地停下了動作，她知道有什麼地方不對勁了——

楊老師和謝老師今天居然沒來！

沒錯，她們今天的確沒有課要上，可是按照這陣子的共同默契，沒課的老師不是都要幫忙分擔工讀生的工作嗎？

「方老師。」宮莉奈滑動椅子，來到方老師身旁，清秀的娃娃臉寫滿嚴肅。

「是？」方老師不是很明白地問道。

「楊老師和謝老師今天請假對吧？她們之前不是說好二、四、六的時候要跟我一起搭檔整理環境嗎？」宮莉奈依舊是很嚴肅地問。

「啊，這個……」方老師本來想吐槽說「主任只要妳不亂丟垃圾，就是對補習班的整潔做最大的努力了」，可是看著面前那雙再認眞不過的眼睛，她後知後覺地想到一件事。

宮莉奈還不曉得今天有新工讀生要來——而且還是一次三個。

但方老師又想到昨晚一刻的要求，正當她左右爲難的時候，一道聲音解救了她。

「那還用說嗎？當然是因爲有工讀生來做這些工作了。」今日也是俐落褲裝打扮的林曼芳笑著自補習班外走進來，手上還拎著一袋飲料，「妳們要喝的東西我買回來了。我有多買幾杯，那是工讀生們的份，記得別喝掉了喔。」

「太感謝妳了，主任！」

「主任妳是天使！」

方老師和助理小姐立刻圍了上去，開心地翻找起自己點的飲料。

宮莉奈站了起來，但卻沒有動作，她吃驚地看著自己的好友，確定她的確沒聽錯。她是聽到了「工讀生們」四個字！這可是複數名詞！

「已經徵到人了？」宮莉奈忙不迭地問，「有特別註明我們要膽大不怕鬼的嗎？最好看見鬼的時候，還能心平氣和地約吃個下午茶之類的。」

「什麼下午茶？主任妳說錯了，要約也是約宵夜檔吧？」助理小姐頭也不回地說著，下一秒她才反應過來自己說了什麼，趕忙呸呸幾聲，「我胡說的、我胡說的，我們補習班乾乾淨淨，才沒有阿飄那種東西！」

砰！

忽然有什麼砸落在地上。一瞬間，櫃台裡外都沒了聲音，四雙眼睛下意識地都往同一個地方望去。

掉落在地面的是飛散開來的講義，但它們剛剛待的桌子沒有一個人靠近過。

助理小姐睜大眼，嚥嚥口水，心裡有點七上八下。

宮莉奈的反應最激動，愣了一秒後她回過神，頓時哀叫連連地衝向那些散開的講義。

「我才剛按順序整理好的！這下不就又得重排了……」宮莉奈哭喪著臉，一張張地撿起講義，心裡是滿滿的哀怨。

方老師和助理小姐很快也幫忙一起撿。

「曼芳。」抱著全撿回來的講義，宮莉奈蹲在地上，眼眸冀望地瞧著林曼芳，「這些我也可以拜託工讀生做嗎？」

「我想這是沒問題的。」林曼芳笑著說。

「那其他事也可以嗎？」宮莉奈的眼睛更閃亮了，「整理桌子？煮飯？」

「準備宵夜？」

「接送小孩？」

後面這兩項是助理小姐和方老師問的。

「上帝啊，我們這裡請的是工讀生，不是保姆兼媽呀。」林曼芳哭笑不得地回答。幸好這些話沒被其他人聽見，否則可能就要被人家以爲她們工讀生最近流動率那麼高，是因爲她們這麼虐待人。

「才沒了工讀生這些天，妳們就已經禁斷症狀了嗎？嘿，可別嚇跑人家三名男孩子。」

「太棒了！一口氣就來三個人！」宮莉奈開心地笑了起來，「他們什麼時候要來？是大學生嗎？」

「很可惜，三個都是高中生。奇怪，還沒來嗎？我們剛剛在一樓就碰到面了，不過他們幾個說要走樓梯……」林曼芳往身後的大門口望出去，對於走廊上還空無一人感到納悶。

但隨即她就看見目標出現，「啊，來了、來了。」

「眞的嗎？」宮莉奈放下懷中的講義，感到好奇地跑到櫃台前。

門外果眞陸續地走進了幾抹人影。

第一人是名金髮少年，唇上還穿著唇環；第二人是名白髮少年，雙耳戴了多個耳環；後方的第三人和第四人，穿的是異於另外兩人的制服，湖水色的上衣再搭上灰色長褲與灰色裙子。

而不知爲什麼，墊後的鬈髮女孩還被她前方的高個子少年緊緊抓住，彷彿怕她逃跑似地。

除了宮莉奈，林曼芳她們在昨日都已經見過這四人了。

「抱歉，我先押著這笨蛋進去。」高個子少年禮貌地說。

「啊！居然說我是笨蛋？好過分！這是對可愛妹妹的態度嗎？」鬈髮女孩不平地抗議。

「吵死了，笨蛋。」高個子少年無視那些嘰嘰喳喳的抗議，扯著自家妹妹就往教室走去。

宮莉奈像沒聽見，她呆在原地，雙眼怔然地望著白髮少年。

「莉奈？」林曼芳不禁狐疑地在她面前揮下手。

「莉奈姊？」連白髮少年也開口了，不馴的眉頭緊緊皺著。

「曼芳……」半晌後，宮莉奈終於說話，語氣有一絲的茫然，「我好像出現了看見我家小一刻的幻覺？」

方老師和助理小姐險些笑出聲。

「莉奈姊，妳說誰是幻覺？喂喂，妳該不會是工作到腦子都糊塗了？」嘴上雖然這樣唸著，一刻還是伸出手，探向自家堂姊的額頭，「也沒發燒啊。」

額前傳來的溫熱觸感結結實實地讓宮莉奈回過神。她嚇了一跳，瞪著左邊的江言一，再瞪著右邊的宮一刻。

一秒、兩秒、三秒，年屆三十，卻堅持自己只有二十九歲十一個月又三十一天的補習班負責人驚慌失措地退了幾步，緊接著她衝到自己的座位前，雙臂擋在上方。

「小一刻，你什麼也沒看到！這些東西都只是你的幻覺！」似乎怕堂弟不相信，宮莉奈強調地又說一次，「眞的，你看我誠實的眼睛！」

如果不是形象要顧，方老師和助理小姐就要抱著肚子，蹲在地上大笑了。

一刻無言地看著比自己大上十四歲的堂姊，連這種話都掰得出來，居然還敢說自己是成熟的大人？啊幹，江言一看到這一幕，該不會想打退堂鼓了吧？別開玩笑了，這樣他去哪裡找第二個能忍受莉奈姊製造垃圾功力的男人啊！

一刻飛快地轉過頭去，看見江言一的臉還是冷冷淡淡的，但眼中盡是著迷神態，一刻甚至還聽見他喃喃地說出「眞可愛」三個字。

白髮少年愈發沉默了，人家都說愛情是盲目的，不過他身邊的這個傢伙……眼睛根本是瞎了吧？

「夠了，莉奈姊，妳那堆垃圾用不著擋了。」一刻無力地耙了耙頭髮，「我有空就會把那地方清乾淨。先聲明，要是我清完後，垃圾又像自動繁殖地長了一堆出來——」一刻的眼神猙獰又狠厲，「宮莉奈，我就把家裡所有的餅乾、飲料通通沒收！」

「放心好了，小一刻，這事絕不會發生的！」宮莉奈嚇得連忙拍胸脯保證，但沒一會兒，她又遲疑地開口，「不過……萬一有小精靈半夜把垃圾丟到我桌上呢？小一刻，這種事是有可能發生的。你要知道，其實家中的那些垃圾都不是我製造的，是小精靈亂丟的！」

最後一句，宮莉奈說得鏗鏘有力、義正辭嚴。

宮一刻的神經斷裂了，宮一刻抓狂了。

「丟妳妹啊！宮莉奈妳都幾歲的人，還敢……」

「江同學，快幫忙架住一刻！」林曼芳果斷地下達命令，「靜怡抓住莉奈，方老師先進去教室，順便請蔚同學幫妳點名管秩序，我聽說他在原來的學校是糾察隊隊長。好了，靜怡、江同學，把這對姊弟帶到休息室，以免其他學生以爲外面發生凶殺案。」

頓了一下，林曼芳看著一副想掐死自己堂姊的白髮少年，她搖搖頭，做了修正。

「好吧，是眞的差點發生了。」

在補習班打工最困難的問題是什麼？

管理學生？記住全部學生的名字？面對怎樣整理也整理不完的講義小山？或者是打電話招生？

以上問題，對於從今天開始在「莉芳語文教室」打工的宮一刻來說，都稱不上什麼問題。

管理學生的事，自然有「原湖水高中糾察隊大隊長」蔚商白會負責；跟山一樣多的講義，也不是只有他一個人整理而已；至於電話招生，「莉芳語文教室」最不缺的向來就是學生了。

事實上，補習班的工作對一刻來說並不是什麼難事，他以前就常到這裡來，工讀生該做什麼他早摸透個七、八分了。

他最大的問題是——

如何忍耐不去掐死自己無意中又製造垃圾的堂姊兼補習班老闆！

深深地吸了一大口氣，坐在桌前裝訂講義的白髮少年告訴自己要以平常心看待，反正這場景在家中也常常看到……這樣想一想，好像就真的冷靜下來了，所以明天去找幾個傢伙打架抒發壓力吧。

學生們正在上課的補習班，感覺比其他時候都還要安靜。

教室門被關上，將聲音都隔絕起來，方老師正在裡面教授英文。

教室外，助理小姐忙著整理報表；林曼芳和宮莉奈也專注於手邊的工作，即使她們今天沒課，要處理的事仍是多得數不完。只不過宮莉奈是一邊處理，一邊擴大髒亂範圍，她在這方面真的是無人能比的天才。

而在櫃台內的辦公區域後方，一刻、江言一和蔚商白圍坐在一張長桌前，桌上堆著大疊大疊等待裝訂的講義。

三名少年都不是特別愛說話的人，他們沉默著，看起來誰也沒興趣開口打破這份死寂。

而在場中，最先受不了的是助理小姐，將檔案先行存檔，她滑近宮莉奈身旁，小小聲地和她咬起了耳朵。

「我說，主任……」

「嗯？」

「妳不覺得，弟弟和另外兩名孩子都太安靜了嗎？這年紀不是話要很多嗎？」

「有啊，小一刻不是話還挺多的嗎？」宮莉奈抬起頭，認真地說道。

助理小姐用見鬼似的眼神瞪著自己老闆。話挺多？那是在說誰啊！

「我沒說錯呀，小一刻剛剛不就說了很多話？」宮莉奈舉例佐證。

助理小姐眨眨眼，起初懷疑是自己漏聽了白髮少年的話語，但接著她便恍然大悟地反應過來，宮莉奈指的「剛剛」是哪時候。

她無力地垮下肩膀：主任，那哪是什麼話多……妳堂弟是在罵妳呀！

「其實只要和一刻聊可愛的東西，他話自然就多了。」林曼芳也加入八卦閒聊的行列。

相較之下，反倒是工讀生組更加地賣力工作。

「是沒錯啦。」助理小姐表示贊同。她們都知道一刻的喜好，而這點對於她們幾名年長女性來說，反而顯得相當可愛，「不過我的意思是，他們三個是好朋友吧？怎麼連點互動都沒有？」

於是三雙眼睛不約而同地都轉向長桌觀察，被猛盯著的三人組似乎沒察覺到，依然是自顧自地專心工作著。

「唔嗯，小江和小一刻的確是非常要好的朋友。」宮莉奈若有所思地摸摸下巴。

江言一和一刻同時忽然打了一個噴嚏，他們下意識地互望一眼，露骨地皺起眉，像是對自己和對方做同樣的動作感到嫌惡。

「……他們的感情真的很好嗎？」助理小姐開始懷疑了。

「真的很好，妳看他們連打噴嚏都這麼有默契。」宮莉奈毫不覺得是自己誤會了，她看向穿著異於利英制服的蔚商白，「商白是小一刻前陣子去玩認識的，小一刻和他們兄妹感情好像也不錯，常互傳簡訊呢。」

才說到這裡，擺在長桌上的粉紅色手機突地發出「嗶、嗶」兩聲，表明收到簡訊。

一刻抓起手機一看，剛點開簡訊內容，他的嘴角就忍不住地抽了抽。

「你妹傳的。」他將手機遞給蔚商白。

蔚商白皺著眉接過手機，這一看，他整張臉都板了起來。

蔚可可傳來的是一張照片，她在筆記本上畫了一隻噴火龍，短短的前肢上還掛著一個寫有

「糾察隊」三字的臂章。

就算沒特別標註是誰，明眼人一眼都看得出那是在畫蔚商白了。

「借我回傳。」蔚商白面無表情地說，待一刻答應後，他快速地輸入了一串字，最後按下傳送。一刻發誓自己看見蔚商白的唇邊掛著冷笑。

簡訊發出幾秒後，教室內就傳出了一聲慘叫，接著騷動很快又平息了下來，光聽聲音，一刻也知道那是蔚可可，估計蔚商白是傳了什麼嚇人的威脅給她。

手機回到一刻手上沒多久，就又收到兩封新簡訊。他本來還以爲是蔚可可學不乖，沒想到打開一看，螢幕上顯示的發件人卻是蘇染和蘇冉。

兩人的簡訊內容不只短，還都是一樣的兩個字——無聊。

一刻的唇角彎起，他生病中的兩名青梅竹馬就像小孩子似地，彆扭又非要人多關注他們。

「莉奈姊，訂好的這些是先搬到九樓嗎？」一刻開口問道。

「咦？啊。」還在和林曼芳、助理小姐八卦中的宮莉奈連忙回神，她看看已經裝訂好的一大疊講義，再點點頭，「都要搬到九樓沒錯，最裡面的倉庫裡。小一刻，你要不要等全部弄好，再和小江、商白他們一起搬去？」

「沒關係，我先搬去好了，反正我也想走走活動一下。」一刻說。

「九樓的辦公室和倉庫都有上鎖，一刻，鑰匙你帶著。離開時記得關燈鎖門，免得其他學生溜進去。」林曼芳將一串鑰匙拋給了他。

一刻將鑰匙和手機一塊塞進口袋，在抱起講義離開長桌前，不忘低聲對江言一和蔚商白說：「我檢查九樓，你們別忘了問出一些線索。」

□

雖說「莉芳語文教室」是位在七樓的補習班，但實際上，它在九樓還有一大間專門擺放講義資料的倉庫。沒人待在那裡的時候，門都是上鎖的，燈也是暗的，只有安全梯的門口上方有亮著一盞警示燈。只不過那道綠光，反而使得這層樓更顯陰森。

一刻走樓梯上樓，才兩層樓的距離，他覺得實在沒必要搭電梯。

按照林曼芳的交代，他先找到通道上的電源開關，待頭頂上的數盞雙管日光燈亮起，這才抱著講議往深處走去。

經過一個轉角，就看見了大門深鎖的辦公室，裡面想當然爾也是一片黑漆漆。一刻將鎖解開，推開玻璃大門，門板隨之發出了一聲古怪的聲響，聽起來有點像垂死之人的呻吟。

如果是膽小的人，或許會被嚇出一身冷汗。但一刻只是不為所動地走進裡面，打開辦公室的燈。

倉庫則是位在最盡頭。

一刻曾經見過鬼，對這個沒有人而顯得陰森的地方，並不會特別感到畏怕。對於他來說，人的欲望，以及被欲望吸引而來的妖怪，比這些東西可怕多了。

不過讓人慶幸的是，南陽大樓雖然學生眾多，但至今還沒看見長得須讓人警戒的欲線。一旦欲線過長碰到了地，釣起名為「瘴」的妖怪，那麼以消滅瘴為職責的一刻等人，就要立即採取行動了。

隨著日光燈一盞盞亮起，可以清楚地看見辦公室內陳列著多部電腦。但或許是鮮少使用的關係，上頭都蓋著一層防塵罩。

一刻越過這些電腦，來到同樣上了鎖的倉庫前。

門一打開，屬於紙張特有的氣味頓時迎面撲來。

由於辦公室的燈光大亮，藉著這些自外照進的光線，即使不開燈，一刻也能看得清楚。

將講義放到架子上，一刻拍拍雙手，環視了一圈一半還溶在陰影中的倉庫。

乍看之下，沒什麼奇怪的地方。

照常理說，一般人應該馬上就會離開，畢竟這層樓沒有其他人煙，又寂靜得不像話，倉庫更顯得深幽，這些要素加總起來，容易令人產生不安的聯想。

可是，一刻沒有立刻離開。這名白髮少年反而低唸了幾句話，左手無名指亮起橘光，一圈古怪的花紋浮現其上，接著實體的螺旋光紋在空中生成。他迅速探向光紋中央，抽出一根長得如同利劍的白針。

將神使的武器握在手中，一刻一步步朝著倉庫深處走去。

他會獨自一人前來這裡的最大原因，就是要調查這裡——究竟有沒有鬼。

根據目前取得的線索，離職的工讀生似乎都是因爲撞鬼才嚇得火速離職。既然如此，就只能從這點下手了。而關於「莉芳語文教室」可能鬧鬼的事，除了江言一已知情外，一刻還有告訴蔚商白和蔚可可，拜託他們暗中查探消息。

一刻很明白，比起自己和江言一，蔚氏兄妹更可以不讓人生出戒心，順利地蒐集到學生之間流傳的傳聞。

「到底是眞的有鬼，還是……」一刻若有所思地瞇起眼，不敢大意地繼續在一座又一座的置物架之間穿梭。

銀白的長針發出淡淡的瑩光，替外面光線射不進的區域提供了照明。

腳步聲在倉庫裡被放大得格外響亮。

啪噠啪噠、啪噠啪噠。

一刻的臉繃了起來，眼神陰狠，他停下腳步。

啪噠啪噠、啪噠啪噠。

不知道誰的腳步聲仍舊響起，就在一刻身後！

白髮少年猛地回頭，卻什麼也沒有捕捉到，只有一片空盪盪，就連腳步聲也消失得無影無蹤。

是錯覺嗎？正當一刻這麼想的時候，倉庫外的辦公室忽然傳出聲響。

一刻聽得很清楚，那是電腦開機的聲音。

「幹！難不成有人溜進來了？」一刻馬上轉身衝出倉庫外。為了避免引來麻煩，他手中的白針就像煙霧般先化去了。

一刻一個箭步地踩進辦公室裡，映入眼中的赫然是無數台電腦的電源亮起，防塵罩已被揭開，原本漆黑的螢幕也跳出了其餘色彩，進入開機的畫面。

可是一刻還是沒有看到自己以外的人，玻璃大門好端端地關著，完全看不出曾被人開啓過的痕跡。

一刻的眉頭擰得像是要打結似地，他不死心地繞著所有的桌子又走了一遍，然而連能夠藏人的桌子底下都找了還是一無所獲。

事實已經很明白，這間辦公室裡的電腦是在無人的狀態下自動開啓的。

倏然間，辦公室的燈光全數熄滅，快得讓人來不及反應，只剩電腦螢幕發出的亮光。

很快地，螢幕上的畫面又發生異變，一幕幕嚇人可怕的場景浮現在各個電腦螢幕上。

吊在電影院的鬼、坐在男人肩上的鬼、浮在天花板上的大臉、躲在床角的蒼白小男孩……

一刻不是熱愛鬼片的人，但他起碼也看過好幾部，因此他馬上就認出有些畫面是出自於他看過的鬼片。

猙獰嚇人的景象不停地播放著，緊接著喇叭竟也被打開了，淒厲的尖叫湧了出來，幾乎快要淹沒整間辦公室。

不過，一刻卻是面無表情，也不管自己的聲音是不是會被那些尖叫和特殊音效蓋過，他瞪著正對著自己的電腦，說：「爲什麼一排鬼片裡，他媽的卻混著海綿寶寶？」

一瞬間，所有尖叫聲中斷，螢幕上嚇人的畫面也定格了，就連一刻面前電腦上的黃色卡通生物也停止不動。古怪的靜默蔓延。

隨後是眾多尖細的叫嚷在空中炸開。

「是誰！是誰弄錯的！」

「爲什麼是海綿寶寶？要放也要放派大星才對吧！」

「白痴！通通都不對，嚇人就是要鬼片！」

「但是他沒反應，這個人類的反應不對！」

「先走、先走！眾兄弟，我們回去從長計議！」

「順便給那個放海綿寶寶的傢伙蓋布袋！」

電腦一台台迅速暗下，日光燈重新亮起，不待一刻做出任何反應，無數道黑煙從電腦內鑽了出來，一晃眼就往玻璃大門衝去。

「操！哪裡跑？」一刻拔腿就追，臉色看起來比凶神惡煞更凶神惡煞。

但他跑得太急，一下忘記大門是關上的，前額就這麼硬生生地撞了上去，發出響亮的一聲。

一刻痛得連話也說不出來，他抱頭蹲下，心中有無數隻羚羊在趕來趕去。好不容易等頭比較不暈了，他咬牙，趕緊又追了出去。只不過空曠的通道就像和他作對似地，乍然陷入漆黑。

「幹，又來？是沒別招嗎？」一刻惱怒咒罵，正想抓出手機充當緊急照明，一聲女孩子的尖叫讓他的心神瞬間緊繃。

尖叫聲是從右手邊冒出來的，那個方向是……廁所！

一刻剛轉頭，急促凌亂的奔跑聲就在黑暗中響起，接著一具柔軟的身體撞上了他，衝力讓他一屁股跌坐在地上。

這似曾相識的場景讓一刻不由自主地想起昨日，而撲撞在他身上的那人就像受到驚嚇，又是一陣畏怕的大叫。

「閉嘴，否則老子揍人了！」被吵得煩的一刻惡聲喊著，駭得對方立即噤若寒蟬。

「馬的，我是造什麼孽……昨天一次，今天又一次……」一刻不爽地嘀咕著，沒想到這話讓撞到他的人聽了進去。

下一秒，就傳出一道怯生生又遲疑的女聲。

「請、請問……」少女結結巴巴地說：「你是昨天那位白頭髮的……呃，我覺得聲音也很熟悉……」

一刻一愣，心想沒那麼巧吧？他連忙摸出手機，正要按下按鍵，上方的日光燈卻又閃了閃，隨後像什麼事也沒發生似地回復光明。

跌坐在地板上的雙方這下都將彼此的樣貌看得清楚了。

一刻張口結舌，看著昨日也撞到他的柔弱少女，對方那雙翦翦水眸內也正透出吃驚。

第五針 ◇◇

「妳……」

「你……」

兩人不約而同地開口，說了一字後又閉上嘴。

褐金長髮少女眨眨眼，臉上的畏怕逐漸褪去，她忍不住綻出一個小小的害羞微笑。

一刻登時覺得心臟被重重撞了一下，卻又釐不清此刻的感受。

「好巧，又撞到你了……不、不對，我是說不好意思又撞到你了！」少女一開口，就發現自己說錯話，連忙慌慌張張地再改口，白皙的臉蛋漲成尷尬的紅色，看上去有些手足無措。

這使得一刻不由得聯想到轉著圈跑來跑去的小動物——

他對小動物最缺乏抵抗力了。

「沒關係。」一刻的臉部線條放緩下來，他站了起來，甚至還朝少女伸出一隻手。

褐金長髮少女偷覷了他好幾眼，確定他是想拉自己起來，才小心翼翼地伸出手握著，借力站起。

「謝謝你……」少女小小聲地說著，「我叫左柚。你是在這補習的學生嗎？」

「左右？」一刻沒想到會有女孩取這麼另類的名字。

「不是右邊的右，是柚子的柚。」知曉他誤會的少女趕忙解釋。

「宮一刻。」一刻也報了自己的名字，「我在七樓的補習班打工。妳是哪層樓的學生？爲什麼會跑到這裡來？這裡可是我們補習班的倉庫。」

「其實我是……」左柚扭扭捏捏地低下頭，似乎有點難爲情，「我是來這借廁所的，我們那層樓的有點髒，剛好又看到九樓有燈光……可是沒想到剛剛忽然停電，所以我……」

最後一句話，左柚越說越小聲，像是對自己之前的尖叫感到不好意思。

一刻總算是明白對方出現在這兒的原因，他抿了抿唇，決定先暫時停止搜查。有左柚在，神使的力量也不方便發揮出來，況且他也不希望左柚因此受傷……？

一刻愣了一愣，對於冒出心頭的想法感到愕然。他和左柚才見了兩次面，兩次都還是撞在一起的情況下……爲什麼他卻突然有這樣的想法？

「那個，宮同學？」左柚試探性地喊著，深如水潭的黑眸一瞬也不瞬地凝視著一刻。

一刻回過神，險些要栽進那對黑潭裡。他怔怔地和左柚對視，直到抓在手中的手機響起。

「幹！」一刻眞的被嚇了一跳，身體同時一震，他趕忙移開視線，看向螢幕亮起的手機。

他沒發現左柚若有所思地捧著臉，眼神是困惑中又摻著一絲溫柔。

打電話來的人是蘇染，一刻不禁納悶，但還是接起了手機，「怎麼了？」

也不知道另一端的蘇染說了什麼，一刻先是狐疑，然後臉色越來越黑，最後忽然忍無可忍地大罵——

「屁啦！什麼叫妳忽然有危機感所以非打電話給我？蘇染，現在立刻滾去床上休養，否則老子不饒妳！還有蘇冉也是，別以爲我不知道他也在旁邊！」

幾乎沒任何停頓地罵完這段話，一刻切斷手機通訊，表情還是陰沉沉的，他實在弄不清自己的青梅竹馬在想些什麼。

「沒事的話，妳趕快回妳們補習班，我要把這裡的燈關了。」一刻收起手機。

左柚點點頭。只是她正準備按下下樓的電梯按鍵時，卻發現電子顯示板上竟跑出了「維修中」三個字，左柚一呆，跑去看了其他幾台電梯，沒想到都是一樣的情況。

「怎麼……」左柚吶吶地說。這種時候的南陽大樓，怎麼會進行電梯維修呢？

可是，沒辦法搭乘電梯也是事實，眼見只剩走樓梯一途，左柚無意識地吞了吞口水，想到先前的無預警停電……那是一般的停電沒錯吧？

「妳怎麼還在這裡？」回去關好燈、鎖好門的一刻一折返到走廊上，見到左柚還逗留著沒走，不免有些訝異。

「宮同學！」褐金長髮少女就像見到救星，飛快地抓握住他的雙手，淚眼汪汪地望著他，「能不能……請你陪我一起走到五樓？」

一刻只覺雙手皮膚像是被灼燙到，他反射性抽回，但又意識到這動作似乎太過粗魯無禮。

「可以是可以。」他如同要作爲補償地應允，「不過妳幹嘛不搭……」

一刻打住了話，他也見到了電梯「維修中」的字樣。

左柚眨眨眼睛，又眨眨眼睛，緊接著也像是從失神中猛然地拉回神智。

「就拜、拜託你了。」她宛若要掩飾什麼，語速飛快地說。

一刻沒注意到這份異樣，他關掉通道上的燈光，陪同左柚一同下了樓梯。

現在還不是各個補習班的休息時間，樓梯間裡顯得相當安靜。甫認識的少年和少女誰也沒說話，只是沉默地一路往下走。

一刻的思緒有些亂糟糟的，他想著九樓辦公室發生的事、想著左柚的事，一邊漫不經心地默數著經過的樓層。

八樓、七樓、六樓、五樓……

白髮少年站定不動，等著身邊的少女走進去。

左柚卻沒有動。

半晌後，左柚屏著氣般的聲音響起，「宮同學，這裡……不是五樓……」

咦？一刻錯愕，他確信自己數得很清楚，不可能走錯樓層。他不信邪地率先走進，然而放眼望去，赫然是一片漆黑，怎麼看也不像是有補習班的樓層。

「我們是走到四樓了嗎？」一刻咋了下舌，「沒辦法，再走上去吧。」

左柚還是沒有移動，留著一頭褐金長髮的少女雙腳有如生根，她的雙手緊張地交握。

「左柚？」一刻狐疑。

「也、也不是……」左柚聲音細若蚊蚋地說，「我們也不是走到四樓……」

「什麼意思？」一刻不是白痴，他立刻心生警覺，左柚的態度太不對勁了。

「我也不知道……」左柚抬起低垂的臉，眸裡染著倉皇，「這裡應該是五樓的，可它又不是五樓……宮同學，這到底是怎麼回事？我們明明經過了八樓、七樓、六樓，可是爲什麼……」

聽到這裡，一刻內心瞬凜。他明白左柚的意思了，他們明明是走到五樓的位置，但出現在眼前的卻不是應該出現的樓層？

他們走到哪裡去了？這樓梯出了什麼問題嗎？

諸多猜測在一刻腦海裡攪成一團，他咒罵一聲，還是冒險踏了進去，他總要弄清楚他們現在到底在哪層樓。

左柚戰戰兢兢地跟在一刻身後。

藉著樓梯間的燈光，走出安全梯的兩人都能瞧見鑲在牆壁上的，是個泛著金屬光澤的——「9」。

一刻當場呆住，左柚也倒抽口氣，反射性抓住一刻的手臂。

爲什麼？爲什麼又回到九樓了？我們分明是往下走的！

「我操，該不會是碰上……」一刻將最後幾個字嚥下，他怕讓左柚聽見了只會讓她產生無謂的害怕——

如果沒錯的話，估計他們是碰上傳說中的鬼打牆了。

「我們再往下走。」一刻鎮定地說，示意左柚和他一起往外退。

一退回到樓梯口，白髮少年和褐金長髮少女立刻飛快地奔下樓。這次他們不再計算自己跑了幾層樓，而是一碰到樓層出口就拐進去，看清牆面上的金屬數字。

但不論他們拐進了幾次，瞧見的都是相同的「9」。

9、9、9、9、9、9。

這個數字就像帶有某種力量，壓得人喘不過氣。

跑到最後，一刻和左柚在樓梯上停下，左柚氣喘吁吁地呼吸著，要抓著扶手才能撐住自己虛軟的雙腳，她甚至記不得他們究竟跑了幾層樓。相較之下，一刻的呼吸只是略急，不像左柚那般狼狽，他的嘴裡好像在喃唸什麼。

左柚在好奇之餘，忍不住豎耳仔細聆聽，然後她的神情僵了僵，原來那名白髮少年喃唸的是各種髒話。

忿忿罵了一句「幹拎娘」當作結尾，一刻忽然想到可以用手機聯絡其他人。

「靠靠靠！我他X的眞是白痴！」一刻簡直想詛咒自己的後知後覺了，他居然偏偏忘了這個方法。不再有所遲疑，他飛也似地翻出手機，想要先聯絡上蔚商白或江言一，但手機螢幕上的「無訊號」三字卻是重重地打擊到他。

如果不是這支手機是一刻喜歡的粉紅色，又掛著一堆他費心收集來的可愛吊飾，說不定他會氣惱得砸了手機洩恨。

「說什麼收訊無死角……角他老木，我就知道那些廣告是唬爛用的！」一刻咬牙切齒地罵著推出不實廣告的廠商，「媽啦，通通不舉算了！」

「宮、宮同學……」左柚小心翼翼地喊著一肚子火的一刻，「你的手機……」

「怎樣？」一刻厲了一眼過去，發誓要是聽到「好娘」、「不適合」之類的話語，就算對方是令他有點在意的女孩子，也別想他會給她好臉色。

批評可愛東西的傢伙都去死吧！

「那隻小熊，就是吊在那朵小花下面的那隻……」出乎意料地，左柚既沒有表現輕視，或是用奇怪的目光看他，反倒是說出──「那是繃帶小熊的限定款嗎？」

「……妳知道？」一刻愣住，一刻大吃一驚，一刻不敢相信自己發現了同好，「難道說妳也有收集繃帶小熊系列？」

「目前出的系列我全收集了，就差這隻三週年紀念的菜刀鐮刀限定款！」左柚用力地握住一刻的手，「宮同學，你眞厲害，居然買得到這隻！我之前有上網拍搜尋，可是連找都找不到……它眞的好可愛，不愧是號稱夢幻逸品的限定款。」

「沒錯沒錯，我也覺得這隻是所有款式中最可愛的。」一刻瞬間也忘了他們被困在鬼打牆中，他的精神全來了，平時顯得凶惡的雙眼，此刻是興奮得光采奕奕，「這隻小熊的繃帶特地做成粉紅色，綁法也特別不一樣……」

「它是全部向後纏，營造出接近拘束衣的風格，但兩隻交叉的手卻又沒被纏死，能露出來拿著武器。還有小熊手裡的菜刀、鐮刀……」

「這兩把刀都是精心設計過的，外表看起來就像真的迷你菜刀、鐮刀，可是刀鋒的地方全都巧妙地弄成圓弧，完全不用擔心會刺傷人。」

「再襯上小熊天真無邪的大眼睛，這種反差真的是……」

「萌死了！」

白髮少年握緊拳頭；褐金長髮少女捧住臉頰。兩人都沉浸在繃帶小熊的魅力當中，一時間無法自拔。

一刻從來沒想到會遇見同好。繃帶小熊是一款偏冷門的食玩，纏在身上的繃帶是它們的最大特徵，手中則會握著不同的東西，例如炸彈、衝鋒槍、PSP、美少女公仔……即使是和一刻最要好的蘇氏姊弟，也表示過無法領略這個系列的美感。不過在幫忙收集上，他們也是不遺餘力。

一刻和左柚的目光對上，瞬間覺得彼此的距離急遽縮短，難以言喻的親切感充斥在心頭。

「那個，宮同學……」左柚仰起白皙的臉，鼓起勇氣說道：「其、其實我第一眼看到你的時候，不知道為什麼，我……」

「噓。」一刻忽地打斷她的話，比出一個噤聲的手勢。

左柚睜著大眼，困惑地望著眼神和臉部線條瞬間變得凌厲的白髮少年。

起初左柚還不甚明白發生了什麼事，可是當她瞧見一刻窺探似地望向「九樓」的門口，她頓時心有所覺，一股緊張感襲了上來，她不安地也跟著朝門口張望。

「在這等我一下，我去看個究竟。」一刻又對左柚打出一個手勢，也不等她回答，就逕自往內走進。

「宮同學？」左柚惶惶地嚷，一時不知道自己該依言留下還是追上去。

走進九樓的一刻將警覺提至最高，不敢掉以輕心。就在剛剛，他聽見這裡好像有什麼聲音傳出。

即使四周是大片漆黑籠罩，但還是能大略視物，不至於真的伸手不見五指。

就在一刻即將彎進轉角的時候，在他的身後，一隻潔白的手臂無預警地自黑暗中探出，迅雷不及掩耳地摀住了他的嘴——

□

是誰!?

一刻的瞳孔收縮，危機感促使他採取了反擊行動。不多加思索，他立刻一個粗暴的肘擊往後撞去。

但是對方像是早一步預料到他的反擊，及時抓住了他的手臂，那手指簡直像是鋼鐵一樣，怎樣也無法撼動掙開。

一刻的眼中浮閃野蠻的光芒，這反倒激起了他的好戰之心。他猛然用未被壓制住的另一隻手往後撞去，趁著對方吃痛鬆手的空隙，他一把扭扯住對方的一隻手臂，瞬間就要毫不留情地將人扔摔出去。

有什麼阻止了他，從掌心傳遞過來的體溫讓一刻硬生生地停下動作。

是熱的？等等，也就是說……

還沒等一刻反應過來，一陣物體碎裂的聲響已經在他耳邊響起。

一刻睜大眼，震驚地發現周遭的黑暗就像破碎的玻璃一樣，一片一片地從他的眼前崩散，光明重新回到眼中，呈現在視野內的是屬於九樓原來的景色。

在一刻呆愣住的時候，被他抓住的手臂迅速地抽了開來。

這個動作讓一刻回了神，他反射性轉過頭，沒想到卻瞧見穿著湖水色制服的高個子少年，少年的左手背上還浮著深綠的神紋。

「蔚……蔚商白？」一刻大感震驚，緊接著他醒悟過來，「靠靠靠靠！所以剛偷襲老子的是你!?」

「我的本意並非如此。宮一刻，你得慶幸是我，否則換作其他一般人，手臂可能眞要被你扭斷了。」蔚商白皺著眉，無意識地撫著被抓出指印的手，「還有，那位女孩子是你認識的人嗎？我無法理解她的敵意從何而來。」

雖然心裡還有一肚子的疑問——爲什麼會有那些像黑色碎片的東西？爲什麼蔚商白會出現在這？——不過一刻仍舊聞言轉過了頭，看見的居然是左柚不知從哪找到一根掃把，美眸含淚，又心急又氣憤地瞪著蔚商白的方向。

「離宮同學遠一點！」左柚虛張聲勢地威嚇著，「你這個可疑的人！」

「慢著，左柚！」一刻可沒想到事情會發展成這樣，他嚇了一跳，連忙衝到左柚身前，抓下她顫抖握著的掃把。比起擔心她揮舞著那東西攻擊人，一刻更擔心她會先打到自己，「這小子不是什麼可疑的人，他是我朋友。」

左柚睁大含淚的眸子，她緊緊地盯著一刻的臉，直到確定他所言不假後，她就像虛脫似地跌跪在地板上。

「我……我……」左柚喃喃地說，「我看到燈忽然亮起，我以爲宮同學你碰上什麼事……

我……」

「這究竟是怎麼回事？」蔚商白在左柚未察覺的時候便隱去了神紋，他走過來，要一刻給出一個解釋。

「見鬼了，我才想問這究竟是怎麼回事？」一刻疲憊地垮下肩，趁著左柚仍是驚魂未定，無暇多注意他們時，他猛地將蔚商白拉到一邊去，「你怎麼會跑到這來？你不是在七樓？」

「如果有人送講義送了半小時還沒回來，正常人都會覺得不對勁的。莉奈主任要我來看你是不是忽然肚子痛又沒帶衛生紙，被困在廁所內出不來。」蔚商白輕描淡寫地說。

「操，莉奈姊這話根本是在詛咒我吧……」一刻翻了白眼。

「還有不是『我』，是『我們』。」蔚商白又說。

「我們？江言一也上來了嗎？怎麼沒見到他的人？」一刻狐疑地四下張望。

「不是他，是可可。」蔚商白的眼神轉成冷硬，「這地方有東西在搗亂。宮一刻，我上來的時候完全找不到你，直到剛剛才看見你忽然出現在走廊上，但你似乎看不見我。顯然，有什麼遮了你的視線。」

「所以那是你弄的嗎？我聽到什麼碎掉的聲音，還有一堆黑暗劈里啪啦地垮了。」一刻比劃一下那個場景。

「那是可可弄的。」蔚商白解釋，「正好是休息時間，我帶她一塊上來，讓她試著用她的弓箭四處射看看。理花大人的力量本質是水，水自古以來又能洗淨邪氣……」

「停停停，簡單說你們神明大人給你們的力量能夠破鬼打牆之類的就是了，對吧？」一刻可不想聽長篇大論的說明，那會讓他頭痛，「那蔚可可呢？」

「廁所。」蔚商白瞥了一眼女廁的方向，「拖了那麼久沒出來，不是便祕就是掉到馬桶裡。」

「誰便祕啊！」氣急敗壞的女孩嗓音驀然從廁所內傳出，「哥，你連你可愛妹妹的形象都要破壞嗎？」

一刻歎爲觀止。這什麼變態的耳力？蔚商白明明說了一堆，聲音還不大，蔚可可那丫頭竟然有辦法偏偏聽見了這一句？

「宮同學，那是……」左柚像是受到驚嚇的小動物，下意識靠近一刻，尋求庇護。

「妳是說廁所便祕的那一個嗎？那是這小子的妹妹。」一刻比比蔚商白。

「抱歉，舍妹是個笨蛋。」蔚商白說。

「我聽到了！可惡，我聽到了！蔚商白先生，你是一個超級大豬頭！」蔚可可憤怒地在廁所大叫，「我要把你小時候的丟臉事通通抖出去！我……」

蔚可可忽然沒了聲音，但是就在下一剎那，花容失色的尖叫從女廁內爆發出來。

「呀啊——」

廁所門被粗暴地打開，穿著湖水色制服的鬈髮女孩像火燒屁股似地衝出，用最快的速度抓著兄長的手，躲到他的身後。

「有……有……」蔚可可蒼白著臉，聲音顫抖，「哥，廁所有……」

「有什麼？」就算嘴上總是對自己天兵的妹妹不留情，蔚商白實際上仍舊相當保護妹妹。他拍撫一下她的手臂當作安慰，堅冷的眼神射向女廁門口。

「有……鬼。」蔚可可費了一番力氣，才將那個關鍵字吐出。

「鬼!?」左柚抽口氣，臉上血色盡失，不由得也躲在一刻的身後。

「對，我……我看到有一顆頭突然從馬桶冒出來，所以我下意識就……」蔚可可的聲音小了下去。

「就怎樣？」一刻催促著問，一邊也不敢放鬆對女廁的注意力。他甚至打定主意，假使眞有什麼衝出來，就先把左柚打昏再使用神力。只是不知道織女給的神力……對付鬼有沒有效就是了。

「呃，我就……」蔚可可對戳著食指，小聲地說，「就下意識把它給沖下去了。」

一刻沉默，一刻再沉默，他轉頭看向同樣沉默的蔚商白——你妹也靠夭的太勇猛了。

蔚商白無言以對，因爲連他也這麼覺得。

「妳沖下去就沖下去，還雞貓子鬼叫的做什麼？」一刻無力地抹把臉，「怎麼算都是那顆被妳沖下去的頭要叫吧？他衰到連出場都還沒出場就再見了耶。」

「沒錯……」

「哥，你幹嘛還附和啦！」蔚可可懊惱地抗議，「飽受驚嚇的是你妹妹才對啊！」

「飽受驚嚇的是我們的耳朵。」蔚商白冷漠糾正，「另外，我並沒有附和。」

「……咦？」蔚可可以爲自己聽錯了，她怔怔地眨下眼睛，在確認兄長並非開玩笑後，她看向一刻。

「老子可不會什麼雙聲道。」白髮少年皺著眉。

蔚可可舔舔嘴，她改看向左柚。

褐金長髮少女看起來比她還要緊張，「不是……我也沒有……」

蔚可可咕嚕一聲地嚥下口水。不是她哥，不是宮一刻，也不是這個陌生的女孩……那麼，說出那句話的人是誰？

「居然這樣對我……」不屬於在場眾人的陰惻惻嗓音又一次飄了出來。

蔚可可僵著身子，她不想轉過頭，但身體自然的本能還是違背了她的意志。不只是她，其他人也忍不住往聲音出現的方向轉過頭。

一顆有半個人大的腦袋正對著所有人怒目咆哮，「讓鬼好好出個場是會死嗎？你們這些人類——」

「啊！」蔚可可驚聲尖叫。

左柚當場暈倒。

「幹幹幹！這三小！」即使是一刻也在瞬間罵出髒話，近距離和一顆超大的腦袋打照面，衝擊性實在有點過高。

「一顆頭。」蔚商白則是冷靜如昔，他眼睛瞇起，左手中指至手背浮出宛若植物枝蔓的綠紋，接著雙手掌心各握住一把利劍，他面無表情地作出總結，「一顆要被切成無數塊的頭。」

「我靠，你也太凶殘了。」嘴上這樣說，一刻也沒有阻止的意思。

「哥，這種噁心的東西就交給你了，我……我去照顧那個女孩子！」蔚可可迅速找個理由開溜到後面去。怕被兄長認爲自己是在偷懶摸魚，她還從口袋中掏出攜帶型的迷你礦泉水瓶，將瓶裡的水往上一灑。

奇異的事發生了，水不但沒有墜落，反而自動連成一個圓，剎那間擴大出去又消失不見。

這是神使專用的結界，用來防止現實遭到破壞，也可避免無關人士捲入；而給予力量的神明不同，布下結界的方式也有異。例如蔚氏兄妹是用水，一刻則是使用白線。

「你們是什麼？」碩大的腦袋沒漏看這份異樣，有如手掌大的眼睛先是流露狐疑，隨即布滿憤怒，「你們兩個也是，你們兩個跟他們是一夥的！是入侵者！」

兩個？他們是指誰？入侵者又是怎麼回事？一刻滿腦子疑問，但眼下的場景容不得他再多作思考。

那顆腦袋的下方冒出細細的手腳，極端不對稱的比例讓那名男鬼看上去更顯嚇人。

「討厭！討厭！好歹變帥一點呀！」蔚可可哀叫，「這樣根本就像四根牙籤插在馬鈴薯上嘛！」

男鬼的大臉霎時青白交錯，最後漲成豬肝般的紅色，他勃然大怒，「誰是四根牙籤插在馬鈴薯上！要也是最帥的馬鈴薯！妳這個欠教訓的丫頭，我要讓妳知道男人的自尊心……不，男鬼的自尊心是傷不起的！」

「是嗎？那我就把它踩到連渣也不剩吧。」蔚商白冷冰冰地說。在男鬼意欲衝向蔚可可之際，閃身擋到蔚可可前面，烙有碧紋的雙劍毫不留情地揮斬而下。

倘若不是男鬼退避得快，恐怕他的頭已經被分成四大塊了。不過安心尚嫌太早，才只是一眨眼的工夫，蔚商白已再次掠出，直逼他的身前。

那雙眼睛就和他的劍一樣，堅硬、冰冷、不留情面！

男鬼直覺地感到畏怕，他又想再退，但雖然躲過了冰冷的劍鋒，卻躲不過蔚商白猝然踹出的一腳，於是那比例失衡的身子頓時飛了出去。

男鬼不甘心，他的眼角瞥見一旁的一刻，他決意要抓個墊背的。

誰也沒想到那男鬼細如牙籤的手竟然還能再伸長，趁人措手不及的時候抓住了一刻的衣領。

男鬼倏然在空中一翻身，以完全違反人體工學和地心引力的姿勢落到了地面上，同時將手裡抓住的白髮少年一把撞上牆壁。

「宮一刻！」蔚商白變了臉色。

從背後蔓延開的疼痛讓一刻扭曲了臉，接著他就聽見有東西墜地的聲音。他低下頭，發現赫然是自己口袋裡的手機掉了出來。

「不給你們這些入侵者一個教訓，你們還當我們好欺負！」渾然沒發覺地面掉了一支手機，男鬼縮短手的長度，右腳向前一步。

喀哩！就是這一步，不偏不倚地踩碎了手機吊飾的一部分。

一刻覺得自己的腦海裡好像也有什麼斷裂的聲音……

「啊咧？」細微的刺痛使得男鬼納悶地低下頭，他移開右腳，看見一隻稀巴爛的小熊。然後他又注意到其他可愛繽紛的吊飾，還有那支機殼是粉紅色的手機。

醒悟到這支像是女孩子才會用的手機，居然是白髮少年所有，男鬼正想不客氣地大肆嘲笑，沒想到他抓著人類領子的那隻手臂，忽然被一隻手抓住了。

男鬼一愣，反射性地抬起頭，先是看見那隻手的無名指上有一圈發光的橘紋，再看見白髮少年的雙眼燃著恐怖的焰火，少年的表情比男鬼見過的任何事物都要猙獰，宛若要把誰扒皮抽筋拆骨一樣。

如果說，之前面對蔚商白是畏怕，那麼此刻面對一刻，男鬼是連腿都軟了。

「很好，很好。」一刻抓著男鬼的手，他的力氣突然大得驚人，生生將原本扯著他衣領的手給扳開，隨後換他拽住對方的衣領，甚至還將那具身體懸空提起，「你他媽的知道自己做了什麼事嗎？不，你不知道，你不……我操你老木咧！」

一刻猝不及防地抓著男鬼凶猛地撞上牆壁。

「我費盡千辛萬苦收集來的夢幻綳帶小熊，你就這樣給我踩碎了？你X的是不知道那多貴重嗎？你是沒看過人抓狂嗎？」

將眼冒金星、已經分不清東西南北的男鬼重重扔到地上，一刻一腳踩上他的背部。

男鬼費力地撐起碩大的腦袋，他望見一頭白髮、神情狠戾的少年正居高臨下地俯視著自己，十指折得卡卡作響。

少年拉出一抹猙獰的微笑，「你現在可以去死了。不對，你本來就不是人……那麼，你就準備死得不能再死吧！」

男鬼第一次知道，人類原來可以比惡鬼還要恐怖。

蔚可可遮著眼睛，卻又從指縫間偷看著正在上演暴力鏡頭的方向，忍不住覺得理智線斷裂的宮一刻，眞的比她見過的任何生物都還要嚇人。

「我寧願去面對十隻獐……」蔚可可乾脆轉過頭，放下手，不再去看那個幾乎已經必須打上馬賽克的可憐男鬼。

「我會記下妳說過的話。可可，下次眞有十隻，我會全交給妳的。」蔚商白留意著男鬼的情況，最起碼要留他一口氣逼問事情才行。

「咦？我只是亂說的，哥，你別這麼狠心啦！」蔚可可慌張求饒，就怕兄長之後眞的依言而行。

蔚商白沒理會妹妹，他按著自己的劍，準備從一刻的手中拖出男鬼，但一個聲音卻阻止了他的動作。

那其實只是個很平常的聲音，就只不過是電梯抵達樓層的「叮」地一聲。

可是就是這個聲音，讓一刻和蔚可可也愕然地轉過頭。

發現獲得喘息的男鬼豈會放過這個能夠逃出生天的機會，他立刻消失得無影無蹤。

一刻雖然驚察到，卻也來不及追捕，只得繼續將注意力放在那台正在慢慢開啓的電梯上。

會是誰？這是三名神使共同的心聲。

明明這地方已經被結界圍住，不可能有人會靠近這裡才對！

「可可。」蔚商白冷厲地說。

「了解！」蔚可可的右手背顯現碧紋，一把長弓立即被她抓握在手中。不敢大意，她拉開弓弦，指間捉著光束化成的箭矢，準備等電梯內衝出任何非人之物的瞬間，就直接一箭射出。

在三人的嚴陣以待中，電梯門終於開出一道足以讓人看清門後景象的縫隙。

不是什麼妖魔鬼怪，待在電梯裡的，是一名穿著白襯衫、蒼藍長褲的秀麗男學生。

蔚可可的弓和箭登時散逸了形體，她睜圓了眼睛，嘴巴也吃驚地張得大大的。

「白、白馬王子!?不對、不對！」發覺自己無意中喊出昔日對對方的稱呼，她連忙搖頭改口，「爲……爲什麼夏墨河你會出現在這裡！」

這句話，也代表了一刻和蔚商白的共同心聲。

出現在他們面前的，赫然是一刻的神使同伴，同樣隸屬織女部下的夏墨河！

「一刻同學？蔚同學？」夏墨河自己也露出了結實的詫異，他按著開門鍵，臉上的表情再清楚不過地顯示出，他對一刻等人爲何會出現在這裡也抱持著困惑。他依序地看了三人一眼，目光停留在蔚商白還握著的雙劍一會兒，最後是回到一刻仍舊張口結舌的臉上。

「一刻同學，所以不是你們要搭電梯了？」

「搭你……」一刻差點反射性說出髒話當招呼語，他把句子嚥下去，突然感到無比疲憊地耙耙一頭白髮，「拜託，我們看起來像是要搭電梯的樣子嗎？天知道是什麼東西按到的？」

「怎麼了？剛發生什麼事了嗎？」似乎是覺得待在電梯內不好說話，夏墨河走了出來，任憑電梯門在身後緩緩關上，「蔚同學拿出了武器，但我搭電梯上來時確實沒感覺到瘴的氣息。也就是說，你們是跟瘴以外的存在打鬥？」

「鬼，我們撞鬼了。」一刻彎腰撿起地上的手機，言簡意賅地說，同時在心裡發誓，下次要是再碰上那個頂著大腦袋的鬼，一定揍到他不成鬼形，「我姊和她朋友在七樓開補習班，這層樓也是她們租的。她們補習班出了點事，我想調查清楚，才到這裡來。還有，這隻是一起來打工的，這隻是被押來補習的。」

「什麼一隻？你當我是小雞還小鴨？」被人隨意一指的蔚可可不滿地抗議。

「吵死了，小雞、小鴨不都差不多嗎？」一刻不耐煩地說道。無視蔚可可在旁氣得鼓起雙頰，他上下打量了和自己同所高中的夏墨河一眼，「難得你今天沒穿女裝。你怎麼會到這來？來補習嗎？」

「想說有時也要換一下衣服的口味。」擁有中度女裝癖的馬尾美少年微笑回答，「不過我到這不是來補習的呢，一刻同學。雖然比不上蘇同學他們，我對我的成績還是有一定程度上的自信。對了，今天好像都沒看見他們？」

「他們兩隻重感冒，病假。搞屁啦，幹嘛都問我這問題？我們三個又不是連體嬰。」一刻撇撇嘴，「所以呢？你不是來補習，怎麼會到這裡來？上面除了補習班外，就是一般住家了吧？」

「確實是這樣，所以我是來拜訪我舅舅的，他們家就住樓上。」夏墨河笑咪咪地說，「南陽大樓就是他和我父親一起買的。」

一刻目瞪口呆，半晌後他搖搖頭，感慨地說道：「夏墨河，我他媽的不會再相信你是什麼普通人了，你明明就是有錢人家的大少爺。」

第六針

了。

看著眼前趴在桌上一動也不動、擺明夢周公去的白色腦袋，尤里深深覺得自己被人排擠

尤里是一名外形令人想到球的憨厚小胖子，手邊永遠零食不離手，還有一名公認是利英高中最美麗女孩的女朋友——這點不知讓多少男學生又羨又妒，懷疑他上輩子是燒了什麼好香——但同時，他和一刻一樣，也是一名神使，甚至還是織女最早收到旗下的部下一號。

將最後一塊餅乾塞進嘴裡，尤里擦了擦手，再伸出胖乎乎的手指推推那顆白色的腦袋。

一下、兩下、三下……就在一年六班的學生看得心驚膽跳，深怕他們班的火爆惡魔隨時睜眼翻桌的時候，被推得煩的白髮少年眞的醒了。

挾帶著莫大的火氣，他凶暴地拍桌站起，卻在瞧見面前坐著的是自己認識的小胖子後，頓時又嚥下了成打的髒話，重重地坐回椅上。

在旁觀看的六班學生們也暗暗鬆口氣，慶幸警報解除。

沒搭理周遭的目光，一刻摸出手機看了下時間，下午第二節下課，再抬頭瞪著尤里，「爲什麼你這傢伙又跑來我們班吃東西？你也融入得太理所當然了吧？」

「別這麼說嘛，一刻大哥，要來一片嗎？小千做的！」尤里笑容滿面地又掏出一包餅乾。

一刻也不客氣，抓了一片就吃下，並且暗暗佩服花千穗的好手藝。人又正手藝又好，有這麼一個完美的女朋友，怪不得這胖子會成爲全校男性怨恨的對象。

「所以呢？你跑來這是幹什麼？」在尤里還沒開口前，一刻就搶先一步地說，「蘇染、蘇冉今天也請病假，別問我為什麼他們沒跟在我身邊了。」

「一刻大哥，你眞厲害！」尤里星星眼地望著一刻，「我都還沒說，你就知道我要問什麼了耶！」

一刻翻個白眼，因為這問題他從昨天就被他認識的所有人問到現在。不管是江言一、夏墨河、還是蔚氏兄妹，簡直就像說好了一樣，把這當成見到他的第一句招呼語。

將餅乾吞下，一刻打了個帶有些微睏意的呵欠，腦海不由自主地想起昨晚的事。

昨天是他第一天到補習班打工的日子，也是第一次展開對那裡的調查，只是沒想到，不只眞的遇上了鬼，還碰見了夏墨河。

在得知事情的來龍去脈後，那名秀麗非凡的少年只沉思了一會兒，就自告奮勇地也加入調查的行列。

本來一刻是沒打算連夏墨河都拉下水的，但是對方卻端著讓人拒絕不了的溫和笑容，堅持自己定要幫忙才行，夏墨河甚至還提出了由他去拜託自己的舅舅，讓他們在大樓關門後還能留下的提議。

說實話，假使眞的能在那時間留下，可以說是再也沒有比那更好的行動機會了。

現在，眾人就在等夏墨河的消息，看哪一天能夠不受限制地留下來好好調查。

「一刻大哥？一刻大哥？」發現對面的白髮少年明顯又變得心不在焉，尤里趕緊伸手在他面前揮了揮，「一刻大哥，快回魂啊！」

「回你媽啦！老子又還沒死！」一刻厲瞪了尤里一眼，那眼神足以嚇退前來挑釁滋事的小混混。

但尤里早就和他混熟了，分得出他是不是眞的生氣。

「誰教一刻大哥你都沒在聽我說話。」尤里委屈地說。

「喔，你說了啥？」一刻不是很在意地又打了一個呵欠，卻沒想到下一句會聽到——

「一刻大哥，你是不是在執行什麼祕密行動？」

「……啥鬼？」一刻瞇起眼，心中則是暗驚尤里的敏銳。

「因爲我昨天下課來找你的時候，你同學就說你跟江言一先走了。」尤里將身子靠向前，雙眼認眞地凝視著一刻，「一刻大哥平常都不會做這種事的，江言一更是只專心在追求莉奈姊這件事上。你們兩個會湊一起，一定是跟莉奈姊有關。」

一刻還是第一次發現到尤里的敏銳原來也不能小覷，他裝作若無其事地用手撐著下巴，他沒打算連尤里也一塊拉進這次事件裡。

「然後？」

「然後我就在猜……」尤里深吸一口氣，滿臉嚴肅，「你一定是要幫江言一向莉奈姊告白了，對不對？」

一刻撐著下巴的手猛然一滑。

「我靠！你那什麼鬼結論？」他咬牙切齒地站了起來，「老子沒事幹嘛還幫江言一那白痴？就算他可能是這世界上唯一受得了莉奈姊製造垃圾功力、還認爲她是絕世大美女的男人，我也沒興趣幫他！開什麼玩笑，是男人就給我自己告白！」

「告白？誰跟誰告白？是誰？是誰？」一顆腦袋忽然無預警地冒出來。

「哇幹！蔚可可，妳是要嚇死人嗎？」一刻低吼，覺得自己的心臟因此漏跳了好幾拍。

「咦？眞過分！我這麼可愛怎麼可能會嚇到人？」甜美可愛的鬈髮女孩嘟起嘴，有絲不滿。

一刻默默地在心裡替蔚可可加了「厚臉皮」這個標籤。

「不管那個啦，宮一刻，你們剛剛在說什麼？有提到告白對不對？」蔚可可的情緒轉換得快，她一下就又興致勃勃地來回望著一刻和尤里，「宮一刻，你要跟誰告白？蘇染？花千穗？啊！難不成是要跟尤里這胖子？」

無故被點名的尤里目瞪口呆，看蔚可可的眼神就像在看外星人。

「都不是嗎？咦咦？難道說是織女!?」蔚可可吃驚地睜大眼。

「織妳老木啦！」一刻忍無可忍地比出一記中指，順便用凶神惡煞的目光把周遭偷聽的學生們嚇退，「蔚可可，妳的腦袋是接錯線路嗎？扯這堆五四三的，妳是想要我跟妳哥打小報告嗎？啊？」

「什麼？千萬不要！拜託你不要啦！」蔚可可只差沒跳起來哀叫。她最怕的人就是她那個脾氣一硬起來，就跟石頭沒兩樣的兄長了。

「我、我也要聲明！一刻大哥不可能跟小千告白的！」尤里努力挺直胸膛，「小千是我的……我的女朋友！」

「這話你可以當面對著花千穗再說一次，她一定會很開心。」一刻拍上尤里的肩膀，「順便說一聲，你女朋友就在外面。」

咦？咦咦咦咦？尤里連忙轉頭向外一看。

氣質典雅、外貌出眾的花千穗就站在教室外，白皙的面龐不知怎地染上了一層紅暈。

尤里愣了一愣，下一秒換他漲紅一張圓臉，醒悟到自己剛才的那句大叫被對方聽見了。

瞧著這一對都紅著臉、有些手足無措的小情侶，一刻嘆氣，一腳踹上尤里的屁股，「笨蛋，你女朋友找你是不會把握時間嗎？」

「咦？啊！」尤里猝然回神，趕忙衝了出去，途中還不忘扭頭喊著，「一刻大哥！我不會跟小染或織女大……織女說，你想跟她們其中一人告白的！」

「尤里！」一刻當場鐵青一張臉，「我操你家的……王八蛋，老子總有一天宰了你！」

眼見尤里牽著花千穗的手，眨眼就跑得無影無蹤，一刻只能火大地啐了一口。回頭瞥見蔚可可正拿一雙圓滾滾的眼睛打量自己，他瞇起眼，撂下警告。

「敢再說什麼告白不告白的，就換妳知死了。」

「欸？怎麼這……不不不，我什麼都沒說！真的，什麼都沒要說的！」注意到一刻目露凶光，回想起他昨晚抓狂痛毆男鬼的畫面，蔚可可迅速地揮著手，忍痛將想八卦的心情壓下。

嗚嗚，八卦啊……她也很好奇宮一刻喜歡的女生是誰啊……

無視蔚可可哀怨地垮著臉，一刻坐回椅子上。發現她還沒要回自己位子的打算，他趕人似地揮揮手，「喂，妳也可以回自己位子上了，別巴在我這邊不走。」

「哎唷，再讓我多待一下啦。」蔚可可自動地拉了蘇染的椅子坐下，將下巴抵在一刻的桌子上，滴溜的眸子向上覷著他，「欸欸，宮一刻。」

「幹嘛？」沒辦法趴下來睡覺的一刻板著一張臉，口氣冷淡。

「那個啊、那個啊……你的手能不能讓我摸一下？」蔚可可眨巴著眼睛問。

一刻的回答是瞬間和她拉開距離，提防的眼神就像在看一個變態。

靠杯，這什麼鬼要求？

「吼，你誤會了啦！我才不是要吃你豆腐，我是那種人嗎？」蔚可可撐直身體，替自己辯駁地揮舞著手臂，「人家只是想看看理華啦。」

最後一句話，蔚可可有自覺地壓低聲音，這不是適合讓一般人聽見的談話內容。

在一刻的身上，除了擁有織女賜予的力量之外，還寄附著淨湖守護神化出的分身，理華。

只不過，理華目前是力量用盡的狀態，無法維持人形，因此是以某個型態待在一刻的身上。

對於蔚可可來說，讓她和蔚商白成爲神使的淨湖守護神是極爲重要的存在。只是她現在是交換學生的身分，沒辦法隨時回到湖水鎮，才想說藉由看看理華以解懷念之情。

「既然理華是理花大人的分身，那麼看牠就等於是看理花大人了。」蔚可可冀求地瞅著一刻。

一刻不至於連這種事都拒絕。他伸出手臂，在心中默唸理華的名字，下一剎那，他的皮膚上浮現白蛇似的圖紋。

蔚可可摀著嘴巴，遮住驚喜的低呼。

「宮一刻、宮一刻。」她期待地看著白髮少年，「我可以摸一下理華嗎？」

「喂喂，這小鬼這時候沒辦法化出形體，妳摸也是摸到我的手吧？」一刻給她一枚大大的白眼，但接著他就發現口袋裡的手機在響。

「等一下，怎麼收回去了？」見到一刻突然抽離手，蔚可可失望地嚷道，直到她看見一刻掏出手機接聽。

也不知道手機另一端的那人是說了什麼，一刻的表情變得嚴肅。

「今天嗎？」

「好，我知道了，我再跟他們說。」

「我沒通知尤里，我們這幾個應該就夠了。」

「嗯，幫我跟你舅舅道謝。」

結束通訊，一刻這才看見蔚可可滿臉好奇地盯著他。

「喬好時間了，今晚就可以。」一刻收起手機，「妳跟妳哥ＯＫ嗎？」

「咦？」蔚可可一時反應不過來一刻指的是什麼。

「南陽大樓，捉鬼。」一刻簡潔地說。

「啊！」蔚可可頓時全明白過來了，隨即她也對那通電話主人的身分恍然大悟，「所以說，打電話的人是……」

「是啊，夏墨河。」

□

關於夏墨河這個人。

蔚可可認識他的時間，就和認識一刻的時間差不多長。

最開始，她是從就讀思薇女中的朋友那得到了夏墨河的照片。對於照片中優雅俊麗的美少年，她一見鍾情了。接著，她在湖水鎮正式見到了夏墨河，只不過那時的他身穿女裝，令她誤以爲是夏墨河的妹妹。

爲了拉近彼此的距離，她主動介紹擁有湖水鎮最美湖泊之稱的淨湖，卻在無意中洩露了淨湖當年曾發生過命案的眞相。不僅如此，她甚至還對事件被害人發表了一些不得體的言論。

即使是現在回想起來，蔚可可也依然對此羞愧不已。

因爲五年前在淨湖被殺害的被害人，就是夏墨河的妹妹，夏墨荷！

當凶手再次出現在湖水鎮，並且以被瘴寄附的姿態現身在眾人面前，被仇恨扭曲面孔的夏墨河，可怕得讓蔚可可不敢直視，心生寒意。即使事件最終落幕了，在宮一刻的阻止下，夏墨河也沒有眞的親自手刃凶手，但蔚可可卻在一瞬間醒悟到，她根本就不了解夏墨河，她只是擅自地憧憬，擅自地將他視爲理想又完美的對象。

……她喜歡的，其實只是她幻想中的夏墨河。

在發覺到這件事的同時，她的戀愛之花也凋落了。

雖然已經停止對夏墨河的迷戀，可是直至今日，蔚可可還是不知該怎麼坦然面對夏墨河。

只要一見到他，就又會想起當時她曾說過的那些在對方傷口上撒鹽的話，然後強烈的後悔便再次湧上，令她更無法直視夏墨河。

「老天，我眞是個笨蛋、笨蛋、笨蛋……」蔚可可掩著臉，發出一聲微弱的呻吟，「理花大人，我當初怎麼會不知輕重地說出那些話……理花大人，要是妳在的話……」

「要是理花大人在的話，也一定會認爲妳是一個大笨蛋，蔚可可。」隨著話聲的落下，一記敲擊同時落在蔚可可的腦袋上。

「好痛！」蔚可可反射性地抬起臉，氣惱的表情在瞧見站在她眼前的是冷著臉、手持捲筒狀講義的蔚商白後，頓時變成了呆愣。

「哥……？」她一頭霧水地看著兄長，接著又朝四周東張西望一下。

偌大的教室裡，穿著各校制服的學生們不是坐在位子上聊天、趴下休息，就是四處走動，講台上則是不見老師的蹤影。

「啊咧？」蔚可可眨眨眼，再眨眨眼，好半晌之後才總算回過神來，想起自己在「莉芳語文教室」補習英文，而她家老哥則是在此充當工讀生，「哥，你怎麼進來了？你不是在外面工作？」

「因爲現在是休息時間。」蔚商白硬邦邦地吐出聲音，有種想要再敲一次自己妹妹腦袋的衝動，「因爲曼芳主任告訴我，有個叫蔚可可的丫頭不知道神遊太虛到哪裡去了。」

「啊……啊哈哈……」蔚可可傻笑地刮刮臉頰，「那個，哥，我只是……我還是有分出一半心神專心聽課的，眞的！」

「然後那一半心神根本就有聽沒有懂，對不對？」有別於自己的妹妹是傻笑，蔚商白則是冷笑，他太了解自己的妹妹了。

蔚可可的傻笑頓時變成乾笑，眼神還心虛地遊移了一下，「我、我也不是故意的嘛……明明二十六個字母拆開我都看得懂，可是組合在一起就……哥，一定是你把我對英文的天分在媽的肚子裡就全都吸收光了，沒錯，一定是這樣的！」

「胡說八道就到此爲止，沒事不要牽拖到我身上。」蔚商白冷冷看了蔚可可一眼，捲成筒狀的講義指向門口，「要上廁所要幹嘛的，趕快去做一做，下節課敢再繼續發呆，妳就知道了，蔚可可。」

「好啦、好啦。」蔚可可吐吐舌頭，滴溜的眸子瞅著兄長，「哥，我能不能也到你們的休息室……」

「不行。」蔚商白毫無轉圜餘地地給了答案，「一般學生不可以進去，除了工讀生或這裡的老師。」

「小氣鬼。」蔚可可鼓著臉，對不肯通融的蔚商白扮個鬼臉。

蔚商白無動於衷，只是抬起腕上的手錶，「妳還剩十分鐘。」

「啊，討厭！幹嘛不早點提醒我！」蔚可可顧不得再和兄長鬥嘴，慌張地跑出了教室。

全程三小時的補習，中間會有十五分鐘的休息時間。蔚可可每次都很珍惜這段能令她喘口氣的空檔，沒想到這回卻在不自覺中白白浪費了五分鐘。

「哥是笨蛋啦……」蔚可可小聲地咕噥著。她跑出補習班大門，想要把握時間解決一下生理問題，只不過女廁前大排長龍的隊伍令她不禁暈了暈。等輪到她的時候，根本差不多也要上課了吧……不行，她才不要將時間通通浪費在排隊上廁所！

蔚可可看了看離七樓還很遙遠的電梯，再望向鄰近女廁的安全梯，沒有思考太多，她邁步跑上樓梯，決定直接到別層樓借廁所。

蔚可可的算盤打得很精明——其他也有補習班的樓層恐怕情形也是差不多。既然如此，她就直接到九樓。那裡平常不會有學生，就算昨天在那碰上了鬼，不過在經過那番遭遇之後，那名被宮一刻揍到不成樣的鬼只怕都有心靈創傷了，也不用太擔心他會再度出現。

如果真的出現，大不了就射他好幾箭，神使可不是好欺負的！

事情就像蔚可可預估的那般順利。

當她上完廁所，在洗手台前洗手的時候，都忍不住想誇獎自己眞是天才。

沒忘記將九樓的電燈關掉——要是被她那位一板一眼的哥哥抓到證據，她就吃不完兜著走了——蔚可可正準備從安全梯返回七樓，卻看見有人剛好自下方走了上來。

或許因爲自己是偷偷溜到九樓的關係，蔚可可下意識地又縮了回去。她躲在門邊，暗中覷著那名已經能看見樣貌的人影——

不是穿著制服的學生，而是一名西裝筆挺的年輕男子。

漆黑的髮絲末端帶點微鬈，垂落到頸間。暗色系的西裝將白皙的膚色襯托得愈發明顯，在那張過分俊美的臉孔上，一雙眼角挑勾的桃花眼簡直是奪人心魄。掛在唇畔邊的慵懶笑容，更是讓人的一顆心不由得騷動了起來。

男子全身上下都散發著一股驚人的魅力和吸引力。

蔚可可摀著嘴，雙頰泛紅，心臟撲通撲通地狂跳。她從來沒想到只是跑來九樓借個廁所，居然會讓她撞見這麼一名美男子。

她嚥嚥口水，原本想拿出手機偷拍，卻又擔心照相的聲音在空曠的樓梯間會被注意到。

眼見美男子就要消失在視野內，被迷去大半心神的蔚可可沒有多想，發揮強大的行動力，立刻偷偷地尾隨在對方之後。

穿著西裝的男子顯然並沒有發現後方有一名嬌小的跟蹤者，他來到了十樓，接著走了進去。

十樓？蔚可可小心翼翼地從樓梯間探出頭。她記得這裡好像也是一間補習班，難道說那名帥哥是這兒的老師？

哇，是的話就太不公平了！爲什麼她們補習班就沒有？雖然工讀生的素質都很不錯，但扣掉老是板著一張臉的她哥，宮一刻和那個叫江言一的氣勢都太可怕了啦。

蔚可可偷偷摸摸地靠近十樓的門口，她注意到裡面不但沒有學生的喧嚷聲傳出，燈光也只有通道上的一、兩盞日光燈亮著，看起來實在不像有補習班在營業的樣子。

該不會這間補習班今天沒課？可是這樣的話，那人爲什麼又……

兀自百思不得其解的時候，蔚可可的耳朵突然捕捉到一陣細微的聲音。

那是哭聲……而且還是女孩子的哭聲！

等等，難不成那名美男子是人面獸心嗎？他在這裡對女孩子做什麼沒禮貌的事？

蔚可可被這想像驚得幾乎跳了起來，不敢再有任何遲疑，她追著哭聲，三步併作兩步地衝進去，白嫩的臉蛋上閃過一抹憤怒之色。倘若對方眞的是色狼，管他長得有多帥，都先揍成豬頭再說！

哭聲的源頭很快就追尋到了，是從另一側的走廊後傳出的。除此之外，還夾雜著另一道放輕的男性嗓音。

那道嗓音既溫柔又醇美，光是聽著，蔚可可就覺得自己要耽溺進去了。

不對、不對！蔚可可妳振作點，現在可不是發花痴的時候！鬈髮女孩用力地搖搖頭，不讓自己再胡思亂想。她貼著牆，慢慢地將頭探了出去，隨即就瞧見兩抹人影。

一人自然是她剛剛追著上來的男子。男子蹲跪在另一人的身邊，俊美的臉上滿是溫柔的表情，口中不時地吐出幾句輕聲的安慰。而正被男子安慰的那人，便是哭聲的主人。那是一名穿著粉紅制服搭深藍裙子的女學生，一頭褐金長髮漂亮得引人注目。她坐在地上，膝蓋屈起，雙手摀著臉，肩膀不停地一顫一顫。

不管怎麼看，這畫面都和蔚可可想像中色狼非禮女孩子的情景完全不一樣。

也就是說……她誤會了？蔚可可拍拍胸口，慶幸自己沒冒冒失失地衝進去，否則眞的是糗大了。

可是她又想到，這樣難得一見的美男子居然已經有女朋友了，心情不由得低落下來。

她的戀愛運是出了什麼問題？第一個喜歡上的男孩子有女裝癖，裝扮起來還比她美；第二個喜歡上的卻是已經死會……

「噓、噓，別哭了，左柚。妳聽得到我說話嗎？」男子柔聲安慰少女，大手像對待小孩子般輕摸了摸她的頭。

左柚？本來要退離的蔚可可登時煞住腳步，覺得這名字好像在哪聽過，而且是最近的事。

於是蔚可可忍不住又多偷看了一眼，那名嚶嚶哭泣的少女剛好抬起頭，露出沾著淚痕的柔美臉蛋。

她是……！蔚可可睜大眼，她認得那張臉，那人是昨晚和他們在九樓一塊撞鬼的女孩子！

「我……我不想再做，但我沒辦法……不，我可以……不，我沒辦法……」左柚的雙眸直視前方，彷彿沒聽見男子的安慰，淚水從她那雙翦翦黑眸內溢了出來。

覺得再看下去就是窺人隱私了，蔚可可迅速地縮回頭。她靠著牆壁，閉著眼，深呼吸了幾次，但是就在她睜眼的瞬間，穿著西裝的美男子竟突然站在她的眼前。

蔚可可的瞳孔收縮，驚叫聲反射地就要從喉嚨裡蹦出。但男子似乎是早一步預料到她的行動，白皙的手掌飛快地摀上了她的嘴，不讓她的聲音眞的外洩出來。

蔚可可睜大著眼，眸裡透出緊張和不安，身體繃得硬直，全然不知道面前的男子究竟有何意圖。她緊捏著拳頭，決定一有不對勁便使用神紋，神紋能讓她的力量加大，這樣她就可以一擊擊倒對方，再趁隙逃走了。

然而出乎意料地，男子卻是露出帶點傷腦筋的微笑，一雙桃花眼稍稍地垂掩下來。這透出困擾的表情，令蔚可可瞬間怦然心動，原本要召出神紋的堅定意志頓時軟了下去。

可惡、可惡……怎麼可以有人帥成這樣！蔚可可在心裡哀叫著。

「偷偷聽人說話不是淑女該做的事哪。」不覺蔚可可的心思，還摀著她嘴巴的男子湊近她耳邊，吐出了充滿磁性的惑人嗓音，「可以替我保密嗎？別把妳看到的事說出去。」

蔚可可紅著臉，不由得點了點頭。

見狀，男子讚賞地一笑，勾人的桃花眼微微瞇起，他鬆開了摀著蔚可可嘴巴的手。

「好孩子。」他低沉地說，「有了線索，你們要追查的事很快就能解決的。」

蔚可可不知道對方在說些什麼，她只是迷迷糊糊地又點了下頭，在男子即將離開時，她忽然急急地壓低聲音，喊了一聲。

「請等一下！」

乍聞此言，欲離的美男子反射性轉頭，耳邊卻是同時聽見「卡嚓」一聲。

男子一愣，沒料到蔚可可居然是拿出手機對著他拍照。

似乎是驚覺自己的行爲太過失禮，蔚可可漲紅一張臉，倉皇地說了聲對不起，整個人就有如脫兔般地竄向安全梯門口，溜下樓梯。

男子連阻止也來不及，只能眼睜睜地看著那抹嬌小的背影逃逸。他搖搖頭，並沒有打算要追上去，而是轉身返回走廊上。

褐金長髮少女依舊是靜靜地落淚哭泣，瞳孔裡好似有不同顏色在閃爍變換，難以固定下來。

「左柚……」黑髮男子靜佇在一旁，眸內浮現了憐惜和難過，「他們會幫妳的，那幾名孩子，還有一刻，一定一定會幫妳的……究竟是誰對妳……左柚，妳還是聽不見我說話嗎？」

第七針

蔚可可抓著手機，像是跑百米般地火速衝下樓，也不管自己的腳步聲會不會在樓梯間造成極大的響動。

等到她衝回七樓，剛一踏進門，一尊臉色冷硬的門神正直挺挺地堵在她面前。

蔚可可大驚，連忙緊急煞車，總算沒有一頭撞了上去。

「哥……」蔚可可怯生生地喊，雙手緊張得不知該往哪裡擺。她沒有像以往般對著兄長開玩笑，因為她很清楚，眼前的蔚商白、湖水高中的糾察隊大隊長，現在非常非常地不高興。

「喂！找到那個丫頭了嗎？」蔚商白的身後傳出另一道呼喊聲。

蔚可可訝異地探出頭，發現是頂著一頭白髮的一刻大步走了過來。

一發覺她的存在，白髮少年的眼眸銳利一瞇，凌厲的眼神直直地瞪向她。

「怎、怎麼了？」蔚可可被那眼神嚇了一跳，登時結巴地問道：「宮一刻，你怎麼也跑出來？你不是下課時都會待在休息室的嗎？」

「下課？現在都上課十分鐘了。」一刻沒好氣地抱胸，瞪著渾然不知自己惹出騷動的鬈髮女孩，「蔚可可，妳是在搞什麼鬼？曼芳姊都擔心妳是不是出事了，要我也來幫忙找人。」

「我……我只是到別層樓上廁所……」自知理虧，蔚可可低下頭，囁嚅地說，不敢坦承自己是追著一名美男子到十樓。這話要是說出來，她哥鐵定會扒了她的皮，「對、對不起啦，但我生理痛……我真的也不願意……」

「……現在還會痛嗎？」蔚商白開口，聲音還是像鋼鐵般堅硬，可他的眼神卻不再那麼嚴厲嚇人了。

「咦？還、還是有點痛，不過沒關係的……」蔚可可心虛地說著謊，內心暗暗地祈求兄長原諒。

「下次這種事，妳可以打手機先告訴我一聲，別讓其他人都替妳擔心。」蔚商白上上下下地瞥視了自己的妹妹一眼，確定對方沒有明顯的不舒服跡象後，他轉過身子，「快點進教室上課前我先替妳泡一杯黑糖薑母茶，休息室剛好有茶包。這次的事我會幫妳跟曼芳主任說一聲，不過再有下次……」

「不會的，不會再有下次的！耶，我就知道哥你對我最好了！但是也別要我打手機嘛……在廁所內講電話，總覺得很奇怪啊。」知道危機解除的蔚可可鬆口氣，她討好地勾住蔚商白的手臂，另一手則是將手機往口袋內塞進，沒想到指尖卻碰觸到另一樣東西的存在。

「啊咧？」蔚可可困惑地停住腳步，她掏出口袋裡的東西，發現那是一張摺得四四方方的紙條。

「那什麼？垃圾嗎？」一刻也瞧見那紙條。

「不知道，我口袋裡明明沒放這東西才對。」蔚可可自己也一頭霧水，她納悶地拆開了紙條，等到紙張完全被攤開後，一行端整蒼勁的字跡頓時躍進她的眼裡。

——七樓，B教室，講桌底下。

「這……這是什麼？」蔚可可愕然地睜大眼，「哥，你看這上面寫的內容好奇怪。B教室？講桌底下？這又是什麼意思？爲什麼有人寫這話給我？」

蔚商白嚴厲地抿直唇線，從蔚可可的反應來看，他知道妹妹對此事確實完全不知情。

「B教室？不就是另一邊的教室嗎？今天沒人在用。」一刻皺著眉頭，下巴朝口中說的方向一點，就在補習班大門的正對面，那裡還有一間階梯型教室，目前關著燈，門半掩著。

「哥，我們去看看嘛。」蔚可可的好奇心徹底地被挑起，她的眼睛裡閃動著興奮的神采。

「妳忘記妳要回去上課嗎？」蔚商白不客氣地潑了她一盆冷水，繃緊的俊顏明明白白地表示著想都別想。

蔚可可失望地垮下臉，可她隨即又將一雙大眼瞅向一刻，像是小鹿的圓黑眸子寫滿冀求。

一刻對這種小動物似的眼神最沒轍了，想當初他也是敗在這招上，才會讓蔚可可纏上來，進而認識了她。

「宮一刻、宮一刻，拜託你跟我哥說一下啦。」蔚可可小聲地請求著，「不然我每天都要傳簡訊騷擾你喔。」

一刻黑了臉。靠杯咧，這是哪門子的拜託方式？而且他們兄妹的問題又干他鳥事！

想是這樣想，可是看著鬈髮女孩繼續鍥而不捨地用小動物眼睛凝望著他，一刻暗暗低咒一聲，懊惱著蔚可可的外型為什麼偏偏就是可愛系的，天知道他對可愛的東西最沒抵抗力了。

「反正用不到幾分鐘時間，蔚商白你就讓這丫頭跟過去一下。」一刻說。

蔚可可忍不住欣喜，尤其在瞧見自己的哥哥冷瞪了她一眼，卻沒有再出聲趕她後，她更是開心地在心裡比出一個勝利的手勢。

按照那張來歷不明的紙條指示，一刻等人悄聲潛進了B教室，目標直接鎖定最前方的講桌上。

「那紙說的是講桌底下吧？」一刻蹲了下來，掏出手機，利用螢幕上的光往桌子內照。也許是掃把難以探進桌底深處，裡面積了不少灰塵，還有一些粉筆頭掉落其中，但是並沒有看見可疑的蛛絲馬跡。

一刻不死心，將手機往底部邊緣更探進，慢慢地貼著移動，他直覺那張紙上寫的東西並不是故意要戲弄他們。

就像是印證一刻心中的想法，手機的光忽然照到一小截白色的物體。

那是什麼？一刻立刻伸手探入，將那截被壓在桌角內側的白色物體慢慢拉出。

那赫然是張被疊成四方形的紙，只不過它的表面充滿著縐痕，顯示出曾被人揉成一團。

就著還蹲在講桌前的姿勢，一刻收起手機，將找到的紙攤開來。

蔚可可好奇地拚命湊上前觀看，卻被兄長一掌推開了頭。

「妳的頭大，擋到光了。」蔚商白警告。

蔚可可氣惱地想要抗議。太過分了，哪有做哥哥的是這樣嫌棄妹妹的？而且她的頭一點都不大！

「哥你才是機車大頭鬼。」蔚可可吐舌。

「閉嘴，誰管你們兄妹是大頭還小頭。老子現在只想知道……」一刻陰惻惻地從齒縫間擠出聲音，「這裡他媽的爲什麼會有這鬼玩意？」

暫時中斷彼此的針鋒相對，蔚商白和蔚可可飛快地將視線投往一刻手中的紙張。紙的中央部分，用原子筆畫了一個古怪的圖案，還寫有「本位」兩個字。周圍則是呈放射狀地寫上所有的注音符號，就連四聲音符也被列在一旁。除此之外，邊框還加上了一些怪異的花紋。

蔚氏兄妹愣住，他們知道那是什麼……

「幹咧娘咧！是哪個王八蛋玩筆仙玩到這來了！」一刻憤怒大罵。

筆仙。

那是在一刻他們小時候曾經在孩童間風行一時的遊戲。據說透過這個遊戲，可以召喚到鬼魂、妖怪、或是其他非人的存在，來替人解答問題。只要準備紙和筆，並在紙上畫出圖陣，就可以進行召喚了。要嚴守的規則是在將筆仙請回紙上的本位前，中途都不能鬆開手，否則被召來的筆仙就會留下來作祟，甚至可能危害人。

老實說，一刻完全無法理解，明知道這種不知是誰發明的遊戲可能有著風險，爲什麼當年還是有一堆人偷偷摸摸地玩呢？

而隨著時間流逝，這項古怪的遊戲也退了流行，現在已鮮少出現，卻沒想到有一天，一刻竟會在自己堂姊和朋友合開的補習班裡，又發現這項遊戲的蹤跡。

瞪著那張從講桌底下找到的紙，一刻嫌惡地咋了下舌。不管是不是眞的有人在這玩起筆仙，這種風氣都是要制止的，萬一又再一次盛行起來還得了？現在的一刻已經知道所謂的鬼、妖怪都是眞實存在的。

「筆仙……」蔚商白若有所思地吐出兩字。

「怎麼了？你有什麼發現嗎？」一刻轉頭看著站在他身邊的高個子少年。

「宮一刻。」蔚商白說，「這地方出現的鬼，和筆仙會不會有關係？」

「咦？」一刻緊緊擰起眉頭，眼角瞥見蔚可可一再地湊近，想看清這紙上的內容，他乾脆將整張紙塞給她再站起。

一刻直視著蔚商白，他的反應不慢，沒一會兒就理解過來對方爲什麼會突然說出這番話。

筆仙，據說可以召來鬼或妖。而「莉芳語文教室」是在一個多月前，開始出現工讀生撞鬼的。雖說不確定是否眞的有人在那個時間點玩起筆仙，可是從出現在這的那張紙來看，兩者之間或許眞有什麼聯繫……

「等等。」一刻驀然想到什麼，他眉頭皺得更緊，「我們昨天碰到的那隻，你還記得他說了什麼嗎？他說我們跟『他們』是一夥，都是入侵者。『他們』是誰？」

「我不知道『他們』是誰，可是他用了『入侵者』三個字。」蔚商白迅速地從這些本來被他們遺漏的細節中抽絲剝繭想找出線索，「這表示那隻鬼自認是這裡的住民，也可能他眞的就待在這。而他口中的『他們』，指的是自外侵入的入侵者，這裡又出現用來玩筆仙的紙……」

「你的意思是說，那個所謂的入侵者，很可能就是玩筆仙召來的？」一刻馬上跟上他的思考速度。

「我只是如此猜測。」蔚商白沒有將話說死，畢竟這些都尚未加以證實。

一刻沉著臉，神情嚴厲。倘若蔚商白的推測無誤，那麼這一切都說得通了。

南陽大樓本就有鬼，但忽然有外來者入侵，才會引發出一連串的靈異事件。而事件會集中在「莉芳語文教室」，則是因爲有人在這玩了筆仙沒送回，使得所謂的入侵者留了下來。

「幹，事情最好別眞的是這麼回事。」一刻咒罵著，「而且我們到底是爲什麼也被當成入侵者？別跟我說是用了神力，這種中槍法他媽的也太衰了。」

「不清楚。」蔚商白言簡意賅地表示自己的看法，他的視線落在自己妹妹的身上。後者正蹲在講桌前，認眞地看著那些像是某種密碼的紙上符號。

蔚商白瞇細眼，眼底利光掠閃，下一秒後，他突地開口，「可可，妳上完廁所後又碰到誰了？」

「哥，你怎麼知道？其實我碰到了一個超級大帥哥……」蔚可可心不在焉地回話，渾然沒注意到兄長問了自己什麼。可是當她說出「帥哥」兩字，她猛然一個激靈，覺得有道雷朝頭頂上打下，瞬間令她「醍醐灌頂」。

「帥哥！那個提示一定是那名帥哥寫的！他有說『有了線索，你們要追查的事很快就能解決的』！」蔚可可激動地跳了起來，不敢相信自己竟到這時候才想起，「哥，那人難道眞的是在幫我們……呃，哥，蔚商白先生，你的表情看起來有點恐怖耶。」

蔚可可慢半拍地注意到面前的兄長森寒著一張臉，目光凍人。她不自覺地往後退一步，腦袋瓜飛快地回憶著自己是不是說了什麼不該說的話……

啊，完了。蔚可可的俏臉猝然一白，她幾乎想驚惶地咬自己的手指了。

「妳說妳碰到帥哥？蔚可可，妳不是生理痛去上廁所嗎？」蔚商白的唇角勾起冷笑，「女廁可以碰到男的？」

「我……我是在廁所外碰到的……」蔚可可囁嚅地回答，像隻瑟瑟發抖的小動物。

「碰到，然後呢？」蔚商白無動於衷地揚起眉毛，他又不是不了解自己的妹妹，怎麼可能不知道她會採取什麼行動。

「然後、然後……」自知別想瞞過兄長，蔚可可面如死灰，閉著眼，一口氣通通坦承出來，「然後我就偷偷跟他到十樓，然後我就看見他在安慰昨天跟我們一起撞鬼、叫作左柚的女孩子。然後他就發現我，叫我不要把看到的說出去，再跟我說剛剛那段話而已……真的！我沒有騙人！如果我說謊的話，我交不到男朋友、哥交不到女朋友！」

如果不是場合不適，一刻真想替蔚可可的肺活量拍拍手，說了那麼一大段話居然都沒換半口氣。不過他現在更敬佩的是她不知死活的勇氣，拿自己發誓也就算了，連她哥也一併拖下水？

「蔚可可。」壓下聽見左柚名字出現時的異樣心情，一刻抽回她手上的紙，另一手拍拍她的肩膀，「妳哥臉色鐵青了。」

「噫……」蔚可可戰戰兢兢地扭過頭，頓時嗚噎一聲，蔚商白不只臉色鐵青，看起來還想扒了自己妹妹的皮。

「我替妳跟曼芳姊請這節課的假吧，你們兄妹倆有什麼愛恨情仇，大可以在這解決。」一刻走向教室門口，不忘揮了下手，「別弄出什麼凶殺案就行了，處理完記得再回來幫我弄那堆講義。」

「什……等一下！宮一刻，你怎麼能將這麼可愛的女孩子丟在這！好歹也帶我走啊！」蔚可可花容失色地哀叫。

一隻潔白修長的手臂從後搭上她的肩膀。

蔚商白面無表情地看著自己的妹妹，「蔚可可，妳是不知道『不知死活』怎麼寫嗎？」

蔚可可淚眼汪汪，在心底無聲哀號。

嗚嗚嗚！救命啊，理花大人！我哥他抓狂了啦——

□

江言一幾乎要看不下去身邊白髮少年的魂不守舍。

打從宮一刻從補習班外的走廊返回，向其他老師報備過蔚商白和蔚可可有私事要處理，晚點才會歸來後，他就一直是這副模樣。雖然從表面來看，一刻還是臭著一張臉，周身環繞著難以接近的氣勢，但江言一還是能從那雙不復銳利的眼瞳中看出端倪——這傢伙，真的不對勁。

眼看一刻就要將自己的手指連講義一起釘住，江言一終於看不下去，狠狠一腳踢上他的脛骨。

一刻瞬間全回過神了，他就像被踩到尾巴大感憤怒的野貓，猛然從位子上站起，並且一把扯住江言一的衣領。

「我操你媽的！你是沒被人揍就會不爽嗎？」一刻的眼神都要噴火了，嚇人的眼神足以令嚎啕大哭的小孩迅速閉嘴。

「有人想連自己的手和講義釘在一起，很顯然地，我似乎是沒必要阻止。」江言一冷笑地勾起唇角，氣勢也全然不輸人。

如果將這兩人此刻散發出的氣勢實體化，恐怕就會是一幅龍虎鬥的圖景了。

乍聞江言一所說，一刻不禁一愣，抓著人領子的手勁也放鬆下來。

這一幕剛好被上廁所回來的助理小姐和楊老師看見，兩人大吃一驚，慌慌張張地跑上前。

「弟弟，你和江同學怎麼了嗎？」助理小姐忙不迭地拉開一刻的手。她真的非常懷疑宮莉奈說過的話，這兩人確定是感情好的朋友嗎？

「一刻、一刻，楊老師這裡有今天拿到的繃帶小熊喔。」楊老師從皮包找出一隻包著繃帶的小熊吊飾，引誘地晃了晃。

「楊老師，我不是三歲小孩子了。」一刻哭笑不得，但目光還是下意識地掃過那隻小熊。是星期系列中的星期二小熊，這隻他有了。

將抓著江言一衣領的手放開，一刻坐回位子上，無意識地耙耙頭髮，然後瞄了瞄也跟著坐下的江言一，破天荒地露出欲言又止的模樣。

注意到這稀奇表情的江言一高高地挑起了眉，「你要說什麼就直說吧，否則我都要懷疑你是誰冒充的了，宮一刻。」

「充你媽啦。」一刻回予一記白眼，接著他像是好不容易才做足心理準備，挺直背，放在桌上的雙手交握成塔狀，身體向前傾，用眼神示意江言一也靠過來一點。等到兩人的距離近得不能再近了，一刻才開口，用確保不會被他們倆以外的人聽到的音量說，「你很喜歡我姊對吧？喜歡到想跟她結婚的那種？」

「我的目標是高中畢業訂婚，大學畢業結婚。」江言一嚴肅地回答了這個問題，「預計和莉奈姊生一男一女。放心好了，宮一刻，雖然你實在很惹人厭，但我會讓我的小孩叫你舅舅的。」

「謝謝喔。」一刻皮笑肉不笑地送他一記中指，「你靠么的也想太遠了，老子對你的人生計畫完全沒興趣，我現在有很重要的事要問你。」

或許是感受到對方無形中散發出「你不回答，就別想過我這關追求莉奈姊」的威壓，江言一頷首。

「咳……」一刻的態度忽然有些不自在，「如果，我是說如果，對一個女孩子突然很在意，很容易就想著她，可是我們也才見過兩次面……不對，我是說我朋友跟那個女孩子，我只是幫我朋友問的。總之就是……這到底是怎麼回事？」

「戀愛了，還是一見鍾情式的戀愛。」江言一想起自己當初見到宮莉奈的情景，乾脆地給出答案，也沒揭穿一刻的謊言。

宮一刻身邊的朋友就那幾個，一個僞娘，一個已經交女朋友的小胖子，還有那對跟蹤狂屬性的姊弟。前兩人不可能，後兩人，有眼睛的都看得出來他們的生活重心放在誰身上。至於這幾天見到的那對兄妹，江言一可不認爲一刻會幫他們問這種事。

「你說戀……果然是這麼一回事嗎？」一刻喃喃地說，然而眼中並沒有豁然開朗，反倒是添增了一絲困惑，「但是我剛剛聽見……不對，我朋友聽見那名女孩子身旁似乎有男朋友的時候，卻又完全不覺得憤怒或是不甘心什麼的，反而是……擔心。」

「擔心？」江言一的好奇心被挑了起來，他看著眼前難得陷入迷茫的白髮少年，忽然覺得做一回江老師心理輔導教室也無妨，最起碼光是能看到宮一刻這樣的表情，就夠値回票價了。

「對，大概是有點像怕她會碰上不好對象的擔心。」一刻試著將想法整理出來。自從在B教室聽見蔚可可說左柚的身邊有一名男子在安慰她，一刻就越來越不能理解他對左柚抱持的感情究竟該歸類何者。他在意那名有著一雙翦翦水眸的少女，也擔心她會不會遇上危險。然而對於她可能有男朋友這點，爲什麼卻不是浮起嫉妒、沮喪？

「江言一，這樣的感覺到底算不算戀……」

「那不是戀愛。」江言一果斷俐落地說，「宮一刻，你是白痴嗎？喜歡的人有男朋友，怎麼可能無動於衷？是我的話，就先想辦法弄死那傢伙。」

說出這句話的金髮少年，還是掛著漫不經心的面容，可一雙眼睛則是陰狠得不可思議——或許他是將這假設投射到他和宮莉奈身上了。對於江言一來說，得之他幸，不得他也不會認命。除非宮莉奈眞的心有所屬，否則他絕不會就這麼放棄。

一刻瞥了一眼神情冷戾的江言一，很想跟他說用不著操那種無謂的心，但緊接著他就發現到一件事。

「慢著，你他媽的爲什麼罵我白痴？」一刻不爽地說，別以爲他沒聽到。

「因爲你他媽的就是一個白痴。」江言一皮笑肉不笑地拉動唇角。

「江、言、一！」一刻頓時扯住他的衣領。

眼見兩名少年似乎又要打起來，一直暗中觀察的助理小姐不由得急得團團轉。

剛剛不是哥倆好地湊在一起講悄悄話嗎？怎麼下一剎那又變成準備開打了？莉奈主任，妳眞的確定妳弟弟和江同學是感情好嗎——

彷彿是聽見了助理小姐的悲鳴，突然間，員工休息室的門被打開了。留著長鬈髮、頂著一張娃娃臉的清秀女子從裡面走了出來。

「啊咧？」宮莉奈納悶地眨眨眼睛，「小一刻，你和小江在做什麼？」

抓住人領子的，和被人抓住領子的，同時異口同聲地說道：「什麼也沒有。」

看著堂弟和另一名少年坐回椅子上，宮莉奈也不疑有他，只是點點頭，認眞地感慨著男生之間的感情眞好。

楊老師苦笑；助理小姐發誓再也不相信她們主任的話了。

「咦？奇怪，怎麼沒看到商白？」發現到工讀生少了一名，宮莉奈困惑地往門外張望，「是去上廁所了嗎？」

「不是，那傢伙跟蔚可可……」一刻的話才說到一半，補習班的玻璃大門和櫃台對面的教室門同時間開啓。

推開玻璃門的，是正被宮莉奈問起的蔚商白，他的手中還抓拎著耷拉著肩膀的妹妹——蔚可可的模樣簡直像是可憐兮兮的落難小動物。

而從教室內走出的，則是揹著書包的學生們，今日的上課時間結束了。

一見到學生下課，一刻皺起眉，下意識要退到休息室裡，他很清楚自己的外貌會給一般人帶來什麼樣的觀感。不過宮莉奈的動作更快，也不知道她是從哪找來了兩頂帽子，迅速就往一刻和江言一的頭上蓋下，成功地掩飾他們引人注目的髮色。

急於返家的學生們並沒有多注意櫃台內的情況，他們大聲地和助理小姐、楊老師，以及宮莉奈道別，便嘻嘻哈哈地快步往門外走去。有的人則是中途忍不住多看了門邊的蔚氏兄妹好幾眼，才回過神地離開。

花不到多久的時間，今日來這補習的學生就全走光了。

林曼芳則是最後從教室裡走出來的人。

「啊啦，可可怎麼了嗎？」有收到報備的林曼芳在一瞧見精神萎靡的蔚可可後，不禁露出訝異的表情，「簡直像被什麼轟炸過一樣呢。」

「嗚嗚，曼芳姊，我好可憐……」蔚可可抬起哭喪的臉蛋，想要尋求安慰。

「去收妳的書包。」蔚商白伸手一指，不給她上訴的機會。

完全不敢反抗兄長的蔚可可只能含著兩泡眼淚，幽怨地走進教室裡，「暴君……我哥是一個超級暴君……」

「哇靠，你剛是對她做了什麼不人道的虐待嗎？」一刻摘下帽子，咋舌問道。

「我剛押著她聽我講完一節課的三角函數。」蔚商白如此回答。

這答案讓向來跟數學不對盤的一刻也露出嫌惡的表情。

「好了，男孩們！」林曼芳拍拍手，「教室裡面就麻煩你們打掃了，打掃完畢之後再將這些講義整理整理，沒釘好的明天再來處理，今天就可以下班了。靜怡、楊老師，今天也辛苦妳們了。」

「主任妳也是。」

「曼芳主任，妳也辛苦了。」

知道林曼芳的話等於是通知她們也可以下班，助理小姐和楊老師紛紛關掉電腦，開始收拾桌面上的物品。

「莉奈，妳今天和一刻要讓我一起載嗎？妳問一下一刻吧，我先去上個廁所。」林曼芳笑著說完這句，就走出補習班。

宮莉奈想了想，發現自己也拿不定主意，乾脆走進教室裡，直接問堂弟的意見。

「一刻。」她屈指敲扣門板，待三名忙著搬起椅子倒扣桌面的少年全看向她的時候，才又說，「曼芳說要載我們回去，還是說我們自己搭公車就好了？」

「莉奈姊，我可以載……！」江言一的話被猛然踩上他腳板的力道給截掉，他立刻森寒地瞪了罪魁禍首一眼。

一刻不動聲色，只是低聲對著江言一罵道：「載你媽啦，你是忘記今天要幹嘛嗎？不要那麼沒用，一看到莉奈姊就全都忘光了。」

江言一怔愣一、兩秒，隨即想起今晚他們將要展開搜查的行動——夏墨河已經得到大樓關門後繼續留下的許可。

「抱歉，莉奈姊，妳先讓曼芳姊載回去好……唔！」一刻悶哼一聲，換他惡狠狠地瞪向暗中也踢他一腳的江言一。但他沒有再踢回去，他可不想在這種時候和對方上演一場全武行。

「咦？小一刻你不一起？」宮莉奈沒察覺兩名少年私底下的暗潮洶湧，她吃驚地看著自己的堂弟，意外他會說出這樣的回答。

「我們幾個想留下來加班，把剩下的工作做完。」一刻面不改色地將早準備好的的說詞端出，這還是夏墨河事先幫他擬定的，「明天學校有事，我們要晚點才有辦法過來這，所以才想說趁今天先做一做。」

「不會太晚的，十一點前我們會準時離開。」蔚商白也說。

「還有我，我可以一起幫忙的！」蔚可可自告奮勇地舉起手，不過換來的則是兄長的一句「妳乖乖寫作業」。

「唔……」宮莉奈來來回回地看著四名孩子，「我跟曼芳提一下，看她覺得如何。小一刻，你們真的要加班嗎？不加也沒關係的。」

「莉奈姊，工讀生願意多做事，妳應該高興才對。好了，乖，快去問。」一刻催促道。

宮莉奈下意識點點頭，等她發現她和自家堂弟的立場是不是越來越顛倒的時候，她人已經一腳踏出教室外。

然後她就停在那不動了……

「莉奈姊？」發覺到異樣的一刻狐疑地走上前，同時他也聽到外面好像有什麼騷動聲。

不解之餘，一刻跟著探出頭，這下子換他也停在原地了。

教室內剩下的三人不禁訝異，暫時停下手邊的事，他們快步地迎上前去，想要知道外頭究竟是什麼情況。

下一秒，所有人都看見從廁所回來的林曼芳還多帶了兩個人回來。

一人是身穿黑上衣、紅格紋裙，綁著長長馬尾，乍看下以爲是美少女但其實是男兒身的秀麗少年；另一人則是個頭嬌小，烏黑髮絲及腰，舉手投足自有一股傲氣的小女孩。

一刻睜大眼，目光落在小女孩身上。

蔚可可伸出手指，想也不想地脫口大叫道：「織女!?」

第八針

一刻可沒想到前往湖水鎮的織女，會這麼剛好地挑在這個時間回來，還直接找到了南陽大樓來。

當然，她的到來是買一送一的。

並不是指夏墨河，而是此刻盤腿坐在她頭上，呵欠連連的細辮子少女。

「妾身沒想到，妾身才離開幾天，一刻你們就全跑到這來了？」織女坐在一張椅子上，小腿踢呀踢的，「部下二號告訴妾身你們要在這夜遊，這種有趣的事，怎麼可以不找妾……不對，妾身是說這種有風險的事，你們怎麼可以亂來？」

「……妳已經說出眞心話了。」一刻看也不看織女，注意力全放至眼前的工作。

不單是他，江言一、蔚商白、蔚可可、夏墨河，全在幫忙釘完剩下的講義，他們是眞的要等工作做完才要開始行動。

偌大的七樓裡，目前除了他們和織女、喜鵲外，就再也沒有其他人。宮莉奈和其他老師們都先回去了，鎖門的鑰匙則是留給這群說要留下來把工作做完的年輕孩子們。

對於一刻他們說要加班一事，林曼芳沒有多問就答應了，還很豪爽地要再補一筆加班費給他們。宮莉奈原本還有些猶豫，不過在她看看蔚可可，又看看夏墨河之後，她不知怎麼地改變心意，還拍拍自家堂弟的肩膀，擠眉弄眼地要他加油。

對此，一刻只想翻個大大的白眼。加什麼油？九二還九五？他姊是忘記夏墨河是個僞娘了嗎？

「織女、織女。」蔚可可手在動，嘴巴也沒停下，「妳回來了是表示淨湖的毒素都沒了嗎？理花大人她……痛耶！哥！」

「叫織女大人。」拍了妹妹一記腦袋的蔚商白說，「請問，理花大人的情況還安好嗎？」

「噗，那個無名神好得不得了。」喜鵲摀著嘴嗤嗤笑道：「起碼不用擔心她會爛光……」

「喜鵲，即使是口頭也不得對無名神無禮。」織女稚嫩的嗓音忽然低了一階，瞬間迸射出一種威壓。

喜鵲不由得繃緊一下身子，等到那陣壓迫感散逸，她噘起嘴唇，抱胸別過臉，嘴裡咕噥著，「我又沒說錯，是織女大人對那個無名神太好了。」

「淨湖守護神已經全無大礙了，所以啦，」織女跳下椅子，抬起尖細小巧的下巴，「換你們跟妾身講，這大樓是怎麼回事了。明明四下布有雜鬼，爲何進出此地的人們，欲線的感覺卻都是短得令人不用在意？」

所有人的動作都停下了。

「什麼意思？」一刻轉過身子，一張臉凌厲地繃緊，「雜鬼是什麼？欲線太短又有什麼不對？織女，妳……」

「停停停！」織女舉高小手，打斷一刻的質問，她睜圓黑亮的眼眸，「妾身可沒有再知情不上報，妾身可是現在就跟你說了。」

「哇，白毛你眞是呆子，連雜鬼是什麼也不知道嗎？虧你還是神使。」喜鵲細聲嘲笑，「呆子、呆子。」

一刻抓了幾張衛生紙揉成一團，快狠準地往喜鵲扔去，巴掌大的少女被擊中重心，不穩地栽了下去。

「理花大人曾告訴我們何謂雜鬼。」蔚商白皺起英挺的眉，「由負面情感堆積，進而生成的黑色物體。以常人的眼光看，約莫是像害蟲的存在。」

「賓果！」織女彈了下手指，不吝惜地誇獎，「說得眞好。哎，有沒有興趣成爲妾身的部下候補？妾身這裡的福利和待遇也都不錯，還有花姑娘會負責糧食補……」

「補妳老木！」一刻手中的第二個衛生紙團是扔向織女，「喂喂喂，別太超過了，別人家的牆角妳也要挖？拉客有必要拉到這種地步嗎？」

「吼，一刻你怎麼老是不懂？」織女揉揉被打到的鼻尖，再理直氣壯地挺起小胸膛，「妾身這叫招攬人才！」

「招妳老木。」一刻鄙夷地給了野心勃勃的小蘿莉一眼，「妳自己就三名部下了，還拉人做什麼？」

「誰教一刻你不讓小染和阿冉成爲妾身的部下候補。」織女走到他身前，細幼的手指不客氣地用力戳戳他，「反正他們都跟你一起行動，你都聽妾身的命令行動。換句話說，他們也早就等於妾身的部下哪。一刻，嘴巴太過固執可是不受女孩子歡迎的。啊！難道說……」

也不知道織女是想到什麼，她眨眨墨黑的大眼睛，再眨眨眼，接著就像是恍然大悟地擊下手掌。「什麼啊，一刻你是擔心妾身會偏心嗎？放心好了，對妾身來說，你還是非常重要的部下三號的！」

一刻聽到前半段的時候，是想要吐槽織女那莫名其妙的邏輯，但聽到後半段時，他是鐵青著臉，直接給她一記中指代表內心看法。

「織女大人，妳還沒說欲線太短為何不好的事呢。」夏墨河笑著插話，同時將脫離軌道的話題拉回，「雖然不知道有何不好……不過，我也有注意到一件事。」

夏墨河柔和的微笑微微斂起，他說：「這裡的欲線……短得似乎太一致了點。」

就是這句話，瞬間讓一刻、蔚商白和蔚可可的表情都為之一變。他們都有發現出入這地方的人們，胸前的欲線是短得毋須在意。可是，那長度……

一刻終於弄清這幾天一直盤踞在心頭的違和感是什麼——

沒錯，那些欲線的長度幾乎都差不多！

「可是，會不會是巧合……我知道這巧合也太離譜了一點。」蔚可可乾巴巴地說，「但、但總不可能是有誰把那些欲線推回去或剪掉吧？這聽起來未免太荒謬了……就連當初那隻用欲線編成的手套，也做不到這事啊……」說到最後，蔚可可的聲音不自覺地小了下去。她咬著嘴唇，甜美的臉蛋浮現懊惱和苦悶的表情。

不單是她，饒是蔚商白也是繃緊了臉部線條。這對兄妹都想起自己當初犯下的錯誤。他們受到矇騙，從冒充淨湖守護神之人那裡得到了用欲線編織的手套，不顧他人意志強行將欲線拉長，促成瘴的出現；誤信只要多滅些瘴，就能讓他們的神明大人不會湮滅在人世中。然而，那手套卻不是神使該擁有之物。它們會污染神使的力量，使神力無法發揮，進而在戰鬥中淪爲瘴的食物。

「妾身不清楚。」織女倒是很乾脆地搖搖頭，她豎起細白的手指，「雖然妾身也想說這是巧合，然，既然此地生出雜鬼，數量不算少……一刻，你沒看到是正常的，除非你有像小染的眼睛。如果眞讓你看到的話，就表示這地方已經糟到要拉警報了。哎，妾身剛說到哪裡？是說到宵夜要吃雞蛋布丁嗎？」

「靠杯，不要趁機把妳自己的欲望說出來。」一刻白她一眼。

「織女大人，等今天的事告一段落，我再去買布丁給妳吃吧。」夏墨河笑吟吟地說。

「妾身就知道部下二號最細心了。」織女頓時笑靨如花，「噢，妾身想起剛說到哪了。這裡有雜鬼，但人們的欲線卻是出乎意料地短。這樣子，眞的合理嗎？」

爲什麼不合理？這是一刻第一想到的問題。

可是很快地，他又想起織女先前說過的，雜鬼是由人的負面情感堆積生成，欲望也是由情感凝塑而成。既然如此……

沒錯，既然如此……！一刻的瞳孔猝然一縮，剎那間反應過來了。

怨恨、憤怒、嫉妒，這些都是屬於人類的負面情感，也是造成欲線增長的最大主因。沒有足夠的這些東西，又是怎麼生產出所謂的雜鬼？

織女口中的不合理，指的就是這點。

「等一下，也就是這裡不但有鬼、有玩筆仙召來的東西，還有那個讓欲線變得差不多長的什麼嗎？」蔚可可瞪圓眼睛，「太多了啦，這多到犯規了啦！」

「不，也可能沒那麼多。」夏墨河冷靜分析，「假使筆仙跟造成欲線同樣長度的，是同一個『人』呢？暫時不論是否真有人藉由玩筆仙召來了什麼，但是依照一刻同學你們昨晚碰到的，這裡有鬼、有入侵者，我想這是無庸置疑的。」

「反正管他有什麼……」一刻的嘴角慢慢拉開凶暴的弧度。

「通通拖出來，先揍到留一口氣回答問題就可以了吧。」一直默不作聲的江言一開口，手中的釘書機重重地朝著最後一份講義釘下去，發出響亮的一聲。

□

時間是晚間十一點。

南陽大樓的大門已經關上，鐵捲門也放下，僅開放一個小門供帶有磁卡的大樓住戶出入。

所有補習班都已暗下了燈，唯有七樓的「莉芳語文教室」仍是燈火通明，但裡面卻是空無一人。

一刻等人已經分頭展開行動。

一刻、蔚商白、蔚可可一組；織女、江言一、夏墨河一組；並以七樓作爲再度會合地。

而在行動開始前，一刻他們先對大樓布下結界，避免住戶或是警衛發覺到不對勁。

急促的腳步聲在樓梯間響起，沒有搭乘電梯，織女等人是利用安全梯前往九樓，這層樓便是他們要負責查探的區域；至於一刻那方，則是從一樓往上層層檢查。

「那個自以爲別人看不出的白痴……」金髮、唇邊掛有唇環的少年像是厭惡地彈下舌頭，「只把九樓丟給我們，是當人不知道他的意思嗎？」

「我想你可以當成這是一刻同學特有的體貼。」聽見這話的夏墨河回過頭，白皙秀麗的臉上浮現一抹微笑，「你知道的，他的表達方式有時候都比較彆扭呢。」

「哎呀，不是因爲有個人類沒力量，白毛才只把九樓分給你們嗎？」飛在空中的喜鵲像是唱歌般地說著，「沒力量、會礙手礙腳，還輸過那呆瓜白毛呢。」

江言一猛然停住步伐，在誰也來不及反應的時候，他迅雷不及掩耳地伸出手，一手拎住了提著裙襬賣力跨步的織女，瞬間將她塞給最上方的夏墨河，另一手則是抓住喜鵲。

無視細辮子少女憤怒地在他掌心內掙扎，江言一的眼神陰狠森冷，令人見了不寒而慄。

「人類也可以輕易拔光妳的羽毛，折掉妳的翅膀。」他冷笑地說，音量只有喜鵲聽得見，「我和宮一刻還是不對盤，但妳也不准愚弄那個傢伙。」

語畢，江言一鬆手放開喜鵲，留給她蔑視的一眼，這才轉身追上前方的夏墨河和織女。

喜鵲浮在半空，俏麗的臉蛋扭曲，「果然、果然……人類就是這麼惹人厭，下等、自以為是……當年也是，如果不是那個人……」

「喜鵲！」織女的大叫聲自上方傳來，被夏墨河抱著的她揮下手催促，「妳在做什麼？怎麼還不上來？」

「織女大人，我這就來了！」喜鵲眼中的怨毒瞬間不復存在，她一拍翅膀，快速地飛向織女的身邊，烏黑的眼珠又如平時般的古靈精怪，彷彿什麼事也不曾發生。

九樓的通道上一片黑漆漆的，夏墨河放下織女，照著一刻事先的交代找到了電源開關。當燈光全數亮起，所有景物也都清晰地被映照出來。

昨晚曾出現鬼的寬廣通道，如今就只見到數座電梯林立兩側，並沒有任何異常跡象。

夏墨河看看左手邊的男廁和女廁，再看看右邊大門深鎖的辦公室，心中很快有了決定。

「江同學。」他轉頭望向江言一，笑容可掬地提議道：「我們一人一邊吧，廁所可以交由我負責。」

「部下二號，妾身就跟金毛一起行動。」織女舉起手。

對此，夏墨河是有些意外，但還是叮囑了織女要注意安全，有不對勁就大喊他的名字。

「織女大人，妳怎麼不和夏墨河一起？」喜鵲落在織女的頭頂上，瞧著一身女生制服的馬尾少年走進了女廁。

「那還用說嗎？當然是因爲男廁、女廁妾身都看過很多次了，要看就要看不一樣的。」織女義正辭嚴地說，隨後發現到江言一竟是自顧自地開門走進辦公室，她連忙提起裙襬，邁動著小短腿追上，「太過分了，金毛，把淑女丟下可是失禮的事！而且你剛怎麼沒對妾身吐槽？一刻都會耶。」

「我不是宮一刻。」江言一打開了辦公室的燈，視線掃過那些螢幕漆黑的電腦，依舊沒發現任何異樣。

「喜鵲，妳先到最裡面看看吧。」織女伸手指著底處的倉庫大門。

「遵命！」喜鵲咯咯笑著，姿態優美地飛向倉庫。也不知道她是用了什麼手法，上鎖的大門忽然自動開啓，那抹迷你的身影轉眼就滑進了門縫內。

待命令完喜鵲後，織女又說道：「妾身當然知道你不是一刻哪，可是你們不是很像嗎？」

江言一止住步伐，低頭望著細眉大眼的黑髮小女孩。外表年幼的神明正用一雙黑得不可思議的眸子直勾勾地望著他，那雙眼睛彷彿能將所有一切都看透。

「江言一，妾身還有僅存的一些力量，妾身可以將其中的一部分借給你。」織女張開掌心，一顆小小的銀白光球從她的掌心中浮升出來，雖然光芒細小，卻散發著溫暖的感覺。

「但是這份神力相當微弱，僅能化成武器。同時因爲它的微弱，反倒更可能吸引非人者靠近，試圖奪取。」

「所以妳說那麼一大堆是想表達什麼？」江言一輕蔑地扯動唇角，瞬間伸手一把握住那顆光球，「能夠幫上莉奈姊的力量，我爲什麼不要？」

當光球完全被金髮少年抓握在手中，它的形狀眨眼間竟發生了變化：球形物體消失，取而代之的是一根繞著奇異光紋的金屬球棒。

稱了稱重量，再緊握球棒，江言一從前方的玻璃窗倒影瞧見自己身後有外貌嚇人的男人身影出現——眼球突出，腦袋缺了一半，有白白紅紅的東西從缺口內流出來。

「金毛，你後面！」織女搗嘴驚呼。

江言一俊美的面孔上掠過毒蛇似的陰冷笑容。

「小鬼妳說對了，我跟宮一刻是很像，不過我比他更心狠手辣多了。」語未畢，江言一迅速地一棒狠狠抽在那名男人的腦袋上。

□

夏墨河注意到外頭似乎有什麼響動，但他沒特地繞至外面查看。

他現在人在九樓的女廁。

僅有自己一人的廁所，有種格外寬廣的錯覺。

穿著黑上衣、紅格紋裙的秀麗少年一步步地經過洗手台和鑲在牆面上的鏡子，他的身影倒映在上頭，還可以看見他的手腕浮現一圈青金色的花紋。

那便是神使的證明，神紋。

女廁裡有七間隔間，此刻每扇門都是微攏著，看不清裡面情況。

夏墨河冷靜地將一扇扇門推開，到第五間爲止，都沒有發現任何異常。但是，就在準備走向第六間的時候，頭頂上的日光燈忽地閃滅了一下，夏墨河的眼前出現瞬間的黑暗。

等到光亮再度回歸，這名梳綁著長長馬尾的少年發覺到了，有咕嚕咕嚕的水聲正在湧出。

還沒等夏墨河迅速推開第六間的門，所有門板底下竟在同時溢出了水，透明的液體快速地往外擴張，眨眼間就逼至夏墨河的鞋尖前。

夏墨河沒有多做思考，立刻祭出早已纏繞在指間的白線。白線在半空做了簡單的交織，看似脆弱卻讓他穩穩地踩踏在上。

即使短時間就淹過地面的水乾淨清澈，但夏墨河實在不太想踏上那些從馬桶內湧出的水。

從他此刻的位置和高度，他可以清楚地瞧見隔間內的景象。

大量的水依舊從馬桶內湧出，再像是小型瀑布嘩啦嘩啦地流到了地板上，沒一會兒的工夫，地面就淹了將近數公分高的水。然而說也奇怪，這些水卻沒有順著門口流出去，彷彿有一堵透明的牆攔在了外面。

夏墨河靜待著對方的舉動，果然就在下一秒，新的動靜又出現了。

原本半攏的門板「啪」地一聲全數向內彈開，正對著夏墨河前方的廁所馬桶內部不再冒出水，取而代之的是某個黑漆漆的物體。

如果換作是一般人經歷了先前的遭遇後，再看見眼前的景象，恐怕心臟就要負荷不住了。因為從馬桶內鑽擠出來的漆黑物體，赫然是屬於人的頭髮！不僅如此，接連在頭髮下的則是一顆猙獰嚇人的腦袋，臉上遍布青紫顏色，眼睛腫如核桃，鼻梁還歪了個奇異的角度。

「嗯。」踩在白線上的夏墨河若有所思地發出一聲沉吟，沒有驚訝、沒有慌張，反而是態度溫和地主動問話了。

「你的臉是一刻同學揍成豬頭的嗎？你是一刻同學他們昨晚碰見的鬼，對吧？啊，我說的就是白頭髮、看起來有些凶暴，但其實人很體貼的那位。」

聽見夏墨河的第一句問話，整顆腦袋已經擠出馬桶的男鬼愣了一下，似乎一下子沒辦法反應過來對方說的人名是誰，可是等他聽見白頭髮，他猝然瞪大眼。

「妳和那小子是一夥的？你們都是入侵者！」男鬼憤怒咆哮，「那種用粉紅色手機的小子哪裡體貼了？他體貼到把我揍得連我同伴都差點認不出我是誰啊！太可惡了、太可惡了……既然如此，我就拿那小子的女朋友出氣！鬼不是你們這些小鬼傷得起的！」

男鬼瞬間完全脫離馬桶，原本就腫脹的腦袋現在更是脹大不只一圈，變得奇大無比，襯著他身上的細瘦四肢，從視覺上來看簡直就像是——

「馬鈴薯上插著四根牙籤？」夏墨河下意識地喃喃。

殊不知這話愈發大大地激怒男鬼，他憶起昨日的羞辱，還有那名比惡鬼還恐怖的白髮少年。

「鬼也是有自尊心的，混帳！」男鬼的雙臂瞬間伸長，從兩側抓向踩在白線上的夏墨河。

「沒辦法，只好忍耐一下了。」夏墨河輕輕地咋了下舌，腳下白線瞬消，他纖瘦的身子頓時躍至地面，地板上的積水浸濕了他的鞋襪。

不待男鬼的兩隻手臂改變方向朝他再抓來，他眯起眼，指間又一次浮現白線。

「線之式之一，封纏！」

「什……這是什麼!?」男鬼大驚，急忙想要閃避那些迅速對著他而來的潔白絲線，可他忘記自己在女廁、忘記自己的腦袋如今大得驚人。在有限的空間裡，頂著那顆大腦袋想要靈活移動，簡易是不可能的任務。

當男鬼醒悟過來自己還可以隱身潛入天花板、牆壁時，白線已經把他全身都纏捆住。

男鬼震驚地發現到自己竟然沒辦法變透明穿過那些白線，就好像他本來可以自由變化的身體徹底地被凝固住了。

這些線到底是什麼東西？那名美少女又是什麼人？

無視男鬼臉上的驚慌失措，夏墨河的手指飛快地一拉扯，被白線纏成有如一個大繭的男鬼登時重重地摔跌在堅硬的磁磚地面上。地板上的水全都消失了，那些咕嚕咕嚕、嘩啦嘩啦的水聲也全數停止。

橫倒在地面的男鬼，看見梳綁著長長馬尾的美少女笑容可掬地走近自己，明明那秀麗的眼角和唇角都掛著親切的笑意，可不知道爲何，男鬼卻是本能地感到寒意襲上。

「我很不喜歡鞋襪弄濕的感覺。」夏墨河微笑地說，一腳踩上了男鬼的身體，「還有，我不是一刻同學的『女』朋友哪，我是男的。」

「咦？」男鬼覺得自己的頭腦空白了一下。眼下踩著自己的馬尾美少女說了什麼？她說她是男的？等等，所以她……他……

男鬼不敢相信地瞪大眼，還沒等他尖叫出「現在的學生是怎麼回事？想當年我們可是巴啦巴啦」的句子，他的身體就被一隻纖細白皙的手臂給抓起，那圈烙印在腕上的青金色花紋正散發出淡淡的光芒。緊接著，男鬼就猛地發現到纏在身上的白線不知何時消失了，他的手腳重新恢復了自由。

巨大的欣喜才浮上那麼一瞬，男鬼的表情就僵硬住了。

透過明亮的鏡面，他可以清清楚楚地看見自己的頭頂上方懸浮著密密麻麻的白線末端，還折閃出一絲鋒利的光芒。

從那光芒看來，他一點也不懷疑那些白線可以輕易地將他刺穿成一個篩子。

彷彿像沒看見那張慘白的大臉，夏墨河溫和地說話了，「入侵者的事，可以仔細地告訴我嗎？如果能的話，我會相當感激的。如果不行的話，我也不會太介意，只是或許就要讓『百雨』落到你身上了。好了，現在可以告訴我你的選擇了嗎？」

假使這時候可以大叫的話，男鬼一定會悲憤地抗議：這哪裡是詢問？這分明就是赤裸裸的恐嚇——

「呀！」

淒厲的尖叫聲眞的傳了出來，卻不是出自男鬼之口。

一瞬間差點也以爲是自己無意識中喊出的男鬼愣住，隨即才注意到那聲尖叫是屬於年輕女孩所有。

不像男鬼慢了一拍，一聽見尖叫聲傳出的瞬間，夏墨河的眼神一凜，他迅速揮手，「線之式之一，封纏！」

懸浮在男鬼頭頂上的白線頓時改變姿態，重新將男鬼捆得結結實實。

夏墨河一把拽扯住男鬼，追尋著那聲尖叫跑出了女廁。

才一踏出廁所外，對面的男廁居然驚慌失措地衝出了兩名人影，那是還穿著學生制服的少年和少女。

兩人的臉上毫無血色，神情驚恐得就像他們身後有什麼洪水猛獸在狂追不捨一樣。

一見到夏墨河，兩人如同看見救世主，他們飛快地跑向他，抓著他的手臂，上氣不接下氣地大叫著。

「救命，有鬼……」

「有鬼在追我們……」其中少女像是情緒緊繃到極限，猛地放聲哭泣起來，「廁所……男廁有鬼啊！」

夏墨河罕見地流露吃驚的表情。當然，他的吃驚並不是因爲聽見男廁有鬼，而是面前少年、少女的出現。

現在早已過了大樓關門的時間，爲什麼還會有學生在這逗留？他們是一直躲在九樓的男廁裡面嗎？還是說……

將夏墨河的毫無反應解釋爲不相信他們的話，少年急得拉高聲音，「喂，我們可沒騙妳！我們是眞的……」

少年的聲音驀然卡住了，直到現在他才發現他抓著手臂的馬尾美少女，左手腕上亮著一圈古怪的青金色花紋不說，手指間還纏著白線；而那些白線往她身後延伸，拖著一個身體被纏成白繭、腦袋大得根本不是一般人會有的……

「妖、妖怪啊！」少年很沒形象地慘叫出聲，抓著少女的手，跌撞地和夏墨河拉開距離。

「誰是妖怪！老子明明是鬼啊！你們瞎了眼睛不成？」男鬼大怒。

鬼……鬼!?少年和少女跌坐在地面，瑟瑟發抖地抱在一塊。

「部下二號，怎麼啦？」另一邊的辦公室裡也匆匆跑出了一抹嬌小身影。細眉大眼的黑髮小女孩提著裙襬跑到了走廊上，在瞧見驚恐地抱在一起的少年、少女，以及被夏墨河捉住的男鬼後，精緻的小臉上不禁閃現訝異，「哎呀？」

「織女大人，妳怎麼一個人就跑出來了？要也是那個金毛的粗暴人類先來外面送死才對哪。」辦公室裡又飛出了一抹僅有巴掌大的影子，喜鵲拍振著翅膀落在織女的頭頂上，古靈精怪的黑眼睛沒多看被纏得跟繭沒兩樣的男鬼，反倒是直勾勾地瞅著既慌張又震驚的年輕男女。

穿著淡綠上衣、黑色長褲的少年；穿著粉紅色上衣、深藍裙子的少女。兩人都是沒見過的陌生面孔，胸前有著一小截短短的欲線。

「他們是誰？」江言一也走了出來，他一手提著纏繞光紋的金屬球棒，一手拖著幾近面目全非的另一名男鬼。

少年和少女幾乎快暈倒了，這一刻見到的景象實在太超過他們的負荷。

只有巴掌大的細辮子少女、兩名外貌嚇人的男鬼……他們是在作夢嗎？其實他們是在作夢對不對？

「我也不清楚，他們兩人是從男廁跑出來的，說是有鬼。」夏墨河困惑地蹙起眉，目光不由自主地望向了男廁的門口。

「鬼？哎，難道還有第三隻嗎？」織女眨著黑亮的眸子。

彷彿就像是在印證織女的想法，男廁內忽然傳出異常清晰的滴答水聲，隨後幽怨飄渺的女聲飄了出來。

「壞孩子……這麼晚還沒離開的壞孩子在哪裡……」

「噫！是那個女鬼！」

「那個女鬼要出來了！」

一聽見這道女聲，跌坐在地上的少年、少女齊刷白臉，渾身顫抖。

滴答的水聲越來越清晰，下一剎那，一抹濕漉漉、雙腳懸空的女子從男廁內飄了出來。她的全身上下都在滴水，彷彿剛從水裡撈出來一樣。皮膚灰白，糾結凌亂的長髮披散在肩頭、臉面，遮住她的臉龐，僅從髮絲間露出一隻嚇人的眼睛。

「壞孩子就該來找我……」女子驀然閉上嘴，她似乎沒想到男廁外會聚集這麼多人。

除了剛剛在廁所裡被嚇得連連慘叫的少年和少女外，還有一名長馬尾少女、金髮少年、黑髮小女孩——她的頭頂上還坐著一個巴掌大的小人！不單如此，長馬尾少女和金髮少年的手中都還抓著……

長髮女鬼突然飛快地用雙手撩起臉前的髮絲，露出完整的一雙眼睛。她看看被捆成白繭的男鬼，再看看另一名腦袋已經整個凹扁下去的男鬼。

「對不起，我好像找錯人了，我有事先走了。」女鬼飛也似地立刻轉身，想用最快速度離開這個讓她本能感到危險的地方。

但是兩隻手臂已經同時自後搭上了她的肩膀。

「或許我們可以多聊聊？」夏墨河漾著優雅和善的笑。

「敢在莉奈姊的補習班搗亂？」江言一揚起眉，眼神陰戾冷酷。

「等一下，我只是……我……不要啊！」女鬼慘叫。

於是三分鐘後，被夏墨河用白線一塊纏捆的鬼魂又多了一隻。

「嗨，同伴。」最先被纏成白繭的男鬼說。

女鬼惡狠狠地瞪了他一眼。

覺得自己剛剛好像看見什麼不得了景象的少年少女，已經整個呆若木雞。

「好啦，這兩個人類怎麼處理？」喜鵲又飛到空中，居高臨下地打量著兩人，「這裡沒有瘴，他們的記憶可不會消失。怎麼辦？江言一、夏墨河，你們兩個要怎麼辦才好哪。」

江言一沒有多理會喜鵲清脆卻飽含嘲弄的笑聲，他冰冷的視線投向了穿著他所高中制服的少年和少女。他多看了少女一眼，因爲她身上穿的制服，就和那名叫左柚的女孩子一模一樣。

被江言一盯住的少女卻在瞬間覺得自己被一條可怕的毒蛇鎖定，她嚇出一身汗，不由得結結巴巴地嚷道：「我、我們只是想探個險……眞的，我們什麼事也沒做！更不是小偷！」

「我女朋友說……說得沒錯！」少年似乎想鼓起勇氣，然而江言一只是一眼掃來，那嚇人的氣勢就讓他的勇氣萎縮下去，他的聲音忍不住出現一絲顫抖，「我們是聽說聽說大樓有鬼，才想說來見識一下。可、可是在九樓的時候，聽見有人的聲音，以爲是警衛才、才躲起來……沒想到就……」

剩下的話就算沒繼續說下去，夏墨河等人也知道是怎麼回事。

——沒想到就在男廁見鬼了。

夏墨河仔細地打量緊張不安的少年和少女，他們的表情不像作假，胸前也有欲線，這證明他們不是瘴僞裝的。

「是普通人類哪。」織女說。

「織女大人，是否要我先將他們弄昏？」夏墨河問道。

「唔嗯……」織女還在思考的時候，江言一無預警地又上前一步。發現彼此距離縮短的少女不禁驚慌地抽口氣。

「妳認識一個叫『左柚』的女人嗎？」江言一淡淡地問。

「咦？」少女愣了愣。

「她的制服和妳一樣，是妳們學校的，也在這補習，頭髮染成褐金色。」江言一不耐地說，「認識？還是不認識？」

「左柚？金毛、金毛，那個叫左柚的人是誰？」織女好奇地盯著江言一，「你不是要追莉奈？」

「我幫別人問，我對莉奈姊以外的女人沒興趣。」江言一冷冷瞥了織女一眼，沒多解釋他口中的「別人」，指的正是一刻。

從一刻這幾日的言行，江言一怎麼可能會沒發現一刻稍早前和他提起的女孩就是左柚。畢竟當初那兩人第一次見面的時候，他也在現場。不管一刻對她抱持著何種心情，既然眼下有機會，江言一想說就乾脆賣他一個人情，替他打聽關於左柚的情報。如果被問的這兩人不認識，那也就算了。

只是出乎江言一意料，被問的少女卻是困惑地搖搖頭說，「我們學校沒這個人呀。」

此話一出，不單是江言一怔住，就連也見過左柚一次面的夏墨河亦大感愕然。

「沒這個人？爲什麼妳可以如此肯定？」夏墨河無法理解，他覺得這種回答太不合常理。一間學校的女學生人數輕易就能破千，爲何面前的少女卻有辦法果斷地這麼說？

「因爲……」和夏墨河說話讓少女不自覺地減輕壓力，她的聲音也不再發抖，她就像是納悶對方爲什麼會反問這個問題似地搖搖頭，然後轉頭看向和自己同校的男朋友，「因爲我們學校……對吧？」

「嗯。」少年也點點頭，「我們學校是男校，只有美術班才有女生，三個年級加起來也不到五十人。如果眞的有那樣一個女孩子，我女朋友不可能不知道的。」

「女生的體育課是排在一起上的。」少女又補充道：「大家都彼此認識。」

這下子，夏墨河不由得也啞然了。他望向江言一，在對方的眼中也看見相同的疑問。

那名叫「左柚」的女孩子，到底是什麼人？

不對，她眞的是人嗎？

「部下二號、金毛，你們究竟在說什麼？瞞著妾身是不行的！」自覺被排除在外，織女不平衡地跺跺腳。

「織女大人，我們……那、那是!?」夏墨河的神情猝然大變。

不知何時，他們身周的牆壁、地板、天花板都滲出大塊的黑色痕跡。

黑暗來得太快，夏墨河剛吃驚地脫口喊出，它們轉瞬間就暴漲了勢力範圍，如同大浪般淹覆向來不及做出反應的人們。

只不過是短短的時間，九樓就被詭異的黑暗盡數吞沒。

第九針

率先走在前頭的一刻頓下腳步，他納悶地皺緊眉，雙眼則是銳利地直盯樓梯上方，彷彿在確認什麼。

「宮一刻，怎麼了？怎麼了？你幹嘛停下來不走了？」跟在一刻身後的蔚可可不解地戳戳他的背，「我們不是才到五樓而已？」

「你們有聽見什麼聲音嗎？」沒有回應蔚可可的問題，一刻轉過頭，反倒是對著下方的蔚氏兄妹拋出另一個疑問。

蔚可可睜圓眸子，像是一時間反應不過來。

一刻的視線很乾脆地跳過這名鬈髮女孩，改望向最下方的高個子少年。

「你聽見什麼了嗎？」蔚商白沉著地問道。

從這句話聽來，一刻就可以明白蔚商白並沒有聽見古怪的聲音。

難道說，是自己的錯覺嗎？

一刻擰著眉，輕彈一下舌頭，視線再次投往上方樓梯。就在剛剛，他似乎聽見了「咚、咚、咚」的聲響，就像有什麼物體在一下一下地撞擊著地面。

與夏墨河等人直接負責查探九樓不同，一刻、蔚可可、蔚商白三人，是從一樓一路沿著安全梯往上巡視，目前已來到五樓的位置。

而至今爲止，沒有碰上任何異常。

夜間的南陽大樓就像是睡著了，一點動靜也沒有。

「宮一刻？哈囉，宮一刻你還在嗎？」見一刻沒有給個明確的回應，又自顧自地往上盯著看，蔚可可從旁伸出手，在他眼前揮了揮。

「妳當妳現在是在叫魂嗎？」一刻沒好氣地白了她一眼，「啥事也沒有，我們繼續往上走吧。」語畢，一刻再次邁出步伐。

但這次停下的人換成蔚可可了。

有著一頭蓬鬆鬈髮和圓亮眸子的女孩露出疑惑，她朝四周東張西望，如同在搜尋什麼。

從眼角瞄見蔚可可沒有跟上，一刻不耐煩地回頭，本來要開口催促，但就在下一秒，他看見蔚商白的眼神也變了。對方堅冷的眼瞳瞇起，左手背上浮現深綠花紋，隨即一對同樣繞有綠紋的長劍被他握在手中。

一刻沒有問他爲什麼忽地擺出備戰姿態，因爲連他自己也發現到了，眞的有聲音傳來。

咚、咚、咚、咚、咚。

「那……是什麼聲音？宮一刻，你有聽到嗎？」蔚可可緊張地嚥嚥口水，眸裡寫滿不安。

在入夜的樓梯間，任何細微的聲響都會被放大，更遑論此刻這種像是有人拿重物撞擊地面的聲音。咚咚聲從上方越來越接近一刻等人，音量也變得越來越大。

在不知對方眞面目的情況下，一刻他們不敢貿然行動，而是屏氣凝神地靜候對方出現，手中各自握著身爲神使時使用的武器。

很快地，那陣聲響近在耳邊。當那陣咚咚的源頭終於出現在他們眼前時，一刻和蔚商白面露錯愕，蔚可可則是刷白了臉，手中的長弓「啪」地一聲墜落在地。

出現在一刻他們正前方的，是名年紀輕輕的女孩子。長頭髮、膚色偏向蒼白，在樓梯燈光的照耀下彷彿還微微泛青。五官頗爲清秀，加上長髮白膚，平心而論是名會吸引異性注意的女性——

如果她不是以頭下腳上的模樣出現的話。

這就是爲什麼一刻和蔚商白會愣住，蔚可可則是滿臉驚恐的原因了。

那名從樓上下來的女孩子，居然是用腦袋當成行動的工具，從一級階梯撞上下一級階梯。方才眾人聽見的咚咚聲，就是從這而來的。

女孩的面貌雖然清秀，可是腦袋有一半被外力撞得稀巴爛，髮絲間沾著紅紅白白的東西。從破開的頭骨間，隱約還可以看見仍保持原樣的部分大腦，似乎在小幅度地顫動著。

蔚可可的承受力瞬間已到了極限，她花容失色地尖叫一聲，嚇得拔腿就往旁邊的門內衝。

「可可！」

「蔚可可！」

顧不得那名出場方式驚悚的女孩還待在樓梯上，蔚商白和一刻連忙也跟著衝進，就怕三人因而分散。

「討厭、討厭！我不要了啦！人家想要回家了……唔哇！」蔚可可的悲鳴忽然變成一聲驚慌的大叫，然後就是「砰咚」的一聲，地面傳來了碰撞聲響，聽起來就像是有人摔倒在地。

「靠，到底怎麼了？」一刻急得咒罵。就算憑藉著神使的力量，在黑暗中他也只能大略地看見蔚可可似乎是因爲絆到了什麼而跌倒。

沒有多想，一刻手中的白針消失。他飛快地低唸幾句，瞬間左手無名指上迸散出一圈橘光，橘色光紋呈螺旋狀地在空中交纏再交纏，同時它自身散發的光芒也映亮了走廊上的景象。

蔚可可坐在地上揉著她的膝蓋，嫩白的臉蛋上是哭喪的表情，而在她身旁赫然横倒著一抹身影——

穿著粉紅上衣搭深藍裙子的少女臉面朝下，可那一頭褐金色長髮是如此地引人注目。

一刻內心大驚，還沒一個箭步上前確認對方身分，周遭便已亮起燈光，天花板上的日光燈一盞又一盞地透出光芒。

一刻愣了愣，空中的光紋頓時消逸。他轉過頭，瞧見蔚商白打開了五樓的燈。

「那名女孩子，很眼熟。」蔚商白說，他也看見那一頭亮眼的褐金色髮絲。

一刻像是猛然回過神，他大步上前，在那抹人影的身旁蹲下，輕手輕腳地將對方翻過身來，瞬間映入眼內的是左柚的臉！

「咦？這不是那個叫左柚的……」蔚可可立刻也忘了疼痛，她瞪圓眼睛，無比吃驚地看著昏迷在這個地方的褐髮少女，「爲什麼她會在這裡？我們不是設下結界了嗎？而且現在已經晚上十一點多了耶！」

「妳稍微安靜點，整層樓都是妳的聲音，吵死了。」蔚商白一掌壓下自己妹妹的頭，「有精力在這哇哇叫，不如到門口守著，看剛剛那東西有沒有追來。」

「哇！我才不要！」蔚可可眞的哇哇叫了，她控訴地瞪著兄長，「沒良心、混帳！哥你太過分了，竟然叫我去面對那麼恐怖的東西？那個女孩子是用頭在咚咚咚地走路耶！」

「曾經把瘴的腦袋踩碎的傢伙，有資格說人恐怖嗎？」蔚商白不冷不熱地回了這麼一句。

「那不一樣啦！」蔚可可惱怒地大叫，臉頰鼓起，「那是……」

「他媽的誰管那是還這是！你們兄妹給老子閉上嘴！」一直極力忍耐的一刻終於爆發了，這種時候他爲什麼非得忍受這對兄妹無聊的爭吵。他陰沉著臉，手指用力地往外一比，「要吵給我死去外面吵！」

或許是白髮少年的氣勢太駭人，蔚氏兄妹瞬間全閉上了嘴巴。

而在變得安靜的走廊上，取而代之的是響起另一聲細微的呻吟。

三人的視線反射性地全轉向躺在地面上的長髮少女。

似乎是受到外界聲音驚擾，本來失去意識的左柚慢慢地顫動睫毛，接著睜開了眼。

左柚的表情顯得很茫然，像是一時間反應不過來。她困惑地眨了下眼，看著在自己上方的白髮少年，然後再看向身旁的景象。

「奇怪，我是……」左柚喃喃地開口，可很快地，她就像是真正意識到自己目前的情況，她呆了一呆，緊接著緊張失措地撐坐起身體。

「宮、宮同學!?」她震驚地嚷道，漂亮的眼眸又望向一刻身後，「還有……宮同學的朋友？現在是……我現在到底是……」

左柚完全陷入了迷茫，她忍不住搖搖頭，無意識地瑟縮起身體，翦翦水眸內迅速漫起霧氣。她咬著嘴唇，一臉受到驚嚇而泫然欲泣的表情。

「左柚，妳還記得妳怎麼會躺在這裡嗎？」見到左柚這副模樣，一刻不由得放輕了聲音，渾然沒發現蔚可可正用吃驚的表情看著他。

蔚可可幾乎要以爲自己眼花了。認識一刻這段時間以來，她還是第一次瞧見他對人如此明顯地溫柔。難道說……

「哥、哥。」她抓著蔚商白的衣袖，將他拉低身子，同他咬著耳朵，「難道說宮一刻喜歡……可是左柚有男朋友了耶！」

「妳管別人的事那麼多做什麼？」蔚商白推開妹妹的腦袋，擺明沒興趣跟她一起八卦。

「幹嘛這樣啦，小氣鬼。」蔚可可不開心地鼓著雙頰。

一刻壓根沒多理會那對兄妹在說什麼，他的一顆心現在都放在左柚身上。不管他對她是不是喜歡，他只知道自己對她的那份擔心和關心是無庸置疑的。

「我躺在這裡……」左柚按著額角，努力地試圖回想，「我記得……對了，我記得我是和同學一起留下來的，他們說要探險……然後……」

左柚像是感到難受地蹙起眉，她再次搖了搖頭，「我想不太起來，我想不起來中間發生什麼事……宮同學，我現在到底是……」

面對那雙氤氳眸子，一刻卻也不知該如何開口解釋。總不能說他們是來這捉鬼兼調查事情的，然後卻在這裡發現她昏迷在地上吧？

不過關於左柚為什麼在他們布下結界後還能出現在這裡，倒是有了答案。

「等一下！她說同學……也就是這棟大樓還待著其他人？」蔚可可沒有漏掉關鍵字，她不禁低呼一聲，「不是吧？那萬一他們撞鬼，或是欲線也被咬掉一截……」

「鬼？欲線？」左柚訝然地看著蔚可可。

「沒什麼，妳聽錯了。」一刻立即岔開話題，同時暗地給了蔚商白凌厲的一眼——管好你妹的那張嘴巴。

蔚商白直接將蔚可可扯到身後去，不讓她再多說話，以免多說多錯。

蔚可可顯然也知道自己差點說漏了嘴，趕緊摀著嘴巴，圓眸染著歉意。

左柚半信半疑地望著三人，「請問，為什麼宮同學你們也會在這裡？」

「補習班加班。」一刻面不改色地說，對著左柚伸出了手。

有了之前的一次經驗，這次左柚沒遲疑太久，就將自己的手也伸了出去，讓對方一把拉起自己。對於一刻的說法，左柚倒是沒有懷疑，她了解地點點頭，「原來是這樣，怪不得宮同學你們也會在九樓呢。」

九樓!?聽見她這麼說的一刻等人卻是愣住了，他們明明就是在五樓吧？為什麼左柚會說……

蔚可可是最早發現異樣的人。

當她的視線不經意地瞥向電梯與電梯之間的壁面上，她瞠大眼，不由得抽了一口氣。她趕緊慌張地扯著蔚商白的袖角，示意他也向電梯的方向看去。

一刻不可能沒留意到蔚可可的動作，他皺著眉地轉過頭，然後換他僵立原地。

不是「5」，是「9」，鑲在牆壁上、標明著樓層的金屬數字是「9」！

他們居然待在九樓！

「操！該不會又是鬼打牆？」一刻爆出粗話，隨即他又驚覺到一件事，既然他們是在九樓，那應該也在九樓的夏墨河他們呢？為什麼完全沒聽見他們的聲音？難不成他們碰上了什麼事？

「蔚商白、蔚可可！」一刻這聲大叫的用意，是要蔚氏兄妹幫忙破除鬼打牆。

蔚商白和蔚可可自然也明白，只是在他們還未有動作的時候，原先還亮著的日光燈驟然間盡數暗下，黑暗重新包圍了他們。

「呀！」左柚嚇得驚叫。

在這份黑暗中，誰也沒有發覺到從牆壁、天花板、地面有一層更濃闃的黑暗滲冒出來，快速又無聲地朝他們逼靠過去，等到他們發現不對勁的時候，已經來不及了。

地面崩塌，他們墜入了漆黑的深淵裡。

□

「砰」地好幾聲，半空中突地落下了好幾抹人影，重重地摔到地面去。

劇烈的疼痛讓一刻扭曲了臉，齜牙咧嘴地罵出大串髒話，直到他發現身邊有陣陣呻吟和悶哼響起。

這地方還有其他人！

這個認知像道閃電劈進一刻的腦海裡，他連忙嚥下剩餘的髒話，顧不得身體各處傳來的疼痛，飛快地撐坐起身體，環視四周。

這一看，一刻結結實實地呆住了，他人居然是在一間階梯型的教室裡。

不單如此，這地方還不只他一人。除了方才和他待在一塊的蔚商白、蔚可可、左柚之外，還有和他們分開行動的織女等人！

「織女⁉」一刻忍不住錯愕地喊出聲。

本來還捧著小腦袋，似乎正陷入暈頭轉向的黑髮小女孩，瞬間反射性地抬高了頭。

「一刻！」織女驚喜地瞠大眼，她七手八腳地爬了起來，邁動細細的小短腿，猛地朝一刻撲了過去。

幸虧這次一刻早已做好準備，沒被那抹小炮彈似的身影給撞得往後栽在地板上。

抱住那具嬌小的身體，一刻逐一地看向其他人。

夏墨河、江言一看起來也沒什麼事——江言一那根球棒是哪來的？外圍還有一圈會發光的紋路……等等，那倒在他們身邊的陌生少年、少女……該不會他們就是左柚說的同學？還有那三隻，那是鬼吧？那怎麼看都不像是人類吧？

「噗，白毛連你也掉到這裡來了嗎？太沒用了，太沒用了啦。」只有巴掌大的細辮子少女飛到一刻面前，雙手扠腰，不客氣地大肆嘲笑，「你知道這是哪嗎？是七樓唷，是七……！」

一刻看也不看，直接將那團小小人影用食指彈開。

「痛痛痛……我的骨頭一定散掉大半了……」蔚可可哀叫地自另一邊爬起來，在看見面前的景象，她不由得也目瞪口呆，「爲爲爲爲爲……」

「爲什麼織女大人你們也在這？」蔚商白替妹妹說出完整問句，俊顏上透出一絲訝異。

「織女大人？」左柚慢慢地坐起，她還沒弄清眼下的情況，可她依舊聽見了那個古怪的尊稱。

「哎？難不成妳就是那位左柚姑娘嗎？」織女脫出一刻的懷抱，三、兩步竄到左柚面前，墨黑的大眼睛閃動著濃濃好奇，瞬也不瞬地打量著左柚。

「別盯著人拚命看。」一刻一把將織女抓了回來，也沒問她是怎麼得知左柚的名字，反正不外乎是夏墨河或江言一告訴她的。

同樣也無暇顧及左柚的驚疑和困惑，一刻現在更想弄清楚的是其他事。

「我們原先在九樓，但忽然被黑暗包圍，就跌到這來了。」似乎是看穿一刻心中所想，夏墨河無聲地開口。他拍拍膝蓋站起，瞥了一眼失去意識的三名幽靈以及那兩名學生後，他的目光最後投向左柚。

他唇邊的溫和笑意依然，然而眼內卻凝聚著寒霜。

「一刻同學，你和織女大人可以稍微離開那位左柚同學嗎？」

「夏墨河，你在說什麼鬼？」一刻只覺得莫名其妙，但他沒想到就連江言一也說話了。

「宮一刻，你是聽不懂人話嗎？叫你和那小鬼過來就趕快過來。」

「我操你媽的，你才是不知道怎麼說人話吧？」一刻火大地給出了一記中指。

比起一刻感到不悅兼一頭霧水的感覺，對左柚沒有抱持特別好惡的蔚商白，卻是從夏墨河和江言一的話語間嗅到了某種不對勁。警戒心飛快地爬上他的背脊，他眼神一厲，立即向蔚可可拋出了指示。

蔚可可雖說完全摸不著頭緒，但聽兄長的指示行動已經變成了一種反射習慣。正當她要幫忙伸手拉過一刻，後者卻在猝然間察覺到什麼，他的身形一動竟是快步地往前踏出，踩上面前的一張長桌，手臂往上一伸，以迅雷不及掩耳的速度拽扯下了什麼。

一聲畏怕的大叫砸落在這個階梯型教室裡。

蔚可可的手僵在半空中，她傻愣愣地看著一刻從天花板上拽下了一名年輕女孩。長髮披散，五官清秀，膚色偏向蒼白，怎麼看怎麼眼熟……

直到蔚可可瞧見那露出大腦的頭部，她駭得驚叫，頓時想起對方就是他們先前在樓梯間遇上的女鬼！

面對耍弄他們的傢伙，一刻可不管對方是男是女。他將那名女鬼扔至地面，隨手抽出夾在上衣口袋的筆，快而狠地將之插在女鬼的臉側，一雙眼睛凶暴嚇人，彷佛是要將獵物撕裂咬碎的可怕野獸。

那份非比尋常的氣勢駭住了女鬼，從她的唇間發出破碎的悲鳴。

「乖乖回答老子的問題。」一刻厲聲說道：「爲什麼要在七樓和九樓作怪？你們把我們弄到這裡來又是想做什麼？快說！」

「不……不是……」年輕的女孩幽靈簡直像要被嚇哭地喊，「不是我們做的！把你們弄到這裡來、那些可以吞掉東西的黑暗……根本就不是我們做的啊！」

「什麼!?」這太過意外的回答使得一刻不禁當場愕然。

而似乎因爲女鬼的哭叫聲，其他三名原本失去意識的鬼魂們也幽幽轉醒。

「眞的！眞的不是我們！」女鬼趁機飛竄而起，靠近自己的同伴們，「不信你可以問問大家……我們最多只是想把你們這些入侵者嚇跑而已！」

「她說得對，我也只在廁所嚇人！」頭大、四肢瘦小的男鬼也開口辯駁，「那種連我們都抓過來的黑暗，我們怎麼可能辦得到？」

「我是在男廁……」

「我只有在電腦上作亂！」

剩下的兩名鬼魂也申訴道。

這下子，一刻眞的傻了眼。如果不是他們這些鬼做的，那眞正的凶手又是誰？

「我有個問題要再問你們。」迅速接下質問權的人是夏墨河，他的語氣溫和，但眼神銳利，「之前的工讀生……七樓『莉芳語文教室』的工讀生，爲什麼你們要將人一再地嚇跑？」

幾名鬼魂彼此看了一眼，然後由被一刻抓下來的年輕女鬼負責開口。

「我們……我們也不是特意要嚇人的，但那個入侵者……就是在一個多月前，被人用筆仙遊戲召來的入侵者，一直逗留著不走……我們看見她似乎會從這裡的學生身上弄下一小截黑黑的線來吃，我們不知道那是什麼，但……」

「但那給我們不好的感覺。」另一名女鬼接著說，她抬起濕漉漉的青白臉蛋，「我們怕會發生什麼可怕的事，想盡早趕跑她……可是，怎麼會知道老是湊巧嚇到其他人……」

換句話說，那些工讀生只是單純的運氣差嗎？聽到這裡，一刻茫然地搖搖頭，但總算記得還有一個更爲重要的問題要問，他盯著那名男鬼，慢慢地說，「既然如此，你們針對我們又是爲什麼？不要跟我說你們他媽的也只是湊巧。」

「那是因爲……我們以爲你們跟入侵者是一夥的。」全身滴著水的女鬼囁嚅地說。

一刻愣住。

「因爲你……就是你，你不是一直都跟入侵者在一起嗎？」

當一刻眞正意識到這句話是什麼意思時，他的身體僵住了，一股寒意衝上他的背脊，甚至令他的手腳發冷。

他一直都跟入侵者在一起？那幾個鬼說的，不可能是江言一、蔚商白，也不可能是蔚可可。那麼，在這棟南陽大樓裡，他碰到那些靈異事件時……都是跟誰在一起的？

「噫！那、那是……」蔚可可看著某個方向，發出了抽氣聲。

「一刻同學、織女大人！你們快過來！」夏墨河的臉色不知因何大變。不再管地面上的幾名鬼魂，他抽回白線，警戒地纏拉在指間，準備隨時蓄勢待發。

「可憐的笨蛋白毛，最後連自己跟誰行動都弄不清楚嗎？」喜鵲飛了回來，搗著嘴，細聲地惡意嘲笑，「你以為那兩個倒在地上的人類，是那個叫左柚的女人的同學嗎？噗噗，不是喔，他們學校裡才沒有一個叫左柚的人唷。」

左柚，左柚。一刻打從心底發涼，他握著拳，逼迫自己轉過身。

留著褐金長髮的少女還是一派楚楚可憐，可是在她的身子底下，影子卻是開始越拉越長、越拉越長，直到投映在牆壁。那已經不是人類會有的碩大影子了，它形如狐狸，四根岔開的尾巴幾乎佔滿整面牆壁。

一刻的喉嚨收緊，像被人用手掐著，幾乎說不出話。

左柚站了起來，一雙翦翦水眸凝望著一刻，她的嘴唇微動，她說，「快走……」

然而就在下一剎那，左柚的表情又變了。她白瓷般的臉蛋上拉出細細如弦月的不祥微笑，唇間有著尖尖的利齒，屬於獸類的毛絨尖長耳朵鑽冒了出來，臀部後面瞬間伸展出四條柔軟靈活的巨大狐尾，腳下是詭譎黏稠的黑暗翻騰，可以看出那竟是由無數欲線堆積而成。

目睹此景的織女煞白著一張小臉，不自覺地大力抓住一刻的手臂。而當她望見左柚的眼眸躍上鮮血似的猩紅，她再也忍不住地悲鳴出聲。

「居然……怪不得連妾身也無法察覺瘴的味道。因爲她本身就是妖怪……天生的妖怪氣味將瘴的存在完全隱藏住了啊！」

從獲得神力，成爲神使至今，一刻等人曾面對過瘴與幽靈融合，也曾碰過瘴依附在被污染的衰弱無名神身上。但他們卻從來沒想過，當本身就是妖怪的存在被瘴寄宿的話，又會是怎樣的情況？

而現在，他們知道了——

那是一股超乎想像的可怕力量！

無形的強大氣流猛然間自左柚身周爆發開，頓時將來不及防備的眾人全都撞甩到牆壁上。

強烈的疼痛從背部蔓延至全身，一刻的身體重重地滑墜到地面。感覺到自己的口腔內也是一陣刺痛，他吐出一口血沫，顧不得那股像是要拆了他身體的痛楚，急急地撐坐起來，檢查被自己反射挾在臂彎的織女。

黑髮小女孩皺著一張臉，難受地吐出低吟，但看起來似乎沒有大礙。

一刻暗暗鬆了一口氣，連忙又尋找起其他同伴的身影。

江言一、夏墨河、蔚商白和蔚可可的狀況都跟自己差不多，沒看見那幾名鬼魂，恐怕是趁亂跑了。至於那兩名無意中被牽連進來的學生，撞擊的疼痛似乎反而讓他們從昏迷中甦醒。

不能讓這兩個傢伙醒來礙事！一刻瞥見自己上頭的窗戶，立刻毫不猶豫地抓起離自己最近的椅子，砸向了那密閉的玻璃。

刺耳的聲音登時在教室內炸開，饒是左柚也不由得一怔，不知對方葫蘆裡賣的是什麼藥。

抓緊這絕不能錯放過的空隙，一刻拎起跌在他腳邊的喜鵲，猝不及防間竟是將她往大樓外扔出去。

「喜鵲，顧好妳家織女！」不待懷中的小女孩意會過來，一刻同樣已抓起她扔出了窗外。

「哇啊！」蔚可可忍不住駭叫一聲，不敢相信一刻說扔就扔，這裡可是七樓啊！

但下一秒，窗外卻是出現翅膀拍動的聲音，一隻巨大的鳥類載著織女飛了上來。

蔚可可看得目瞪口呆，這還是她第一次瞧見喜鵲的原形。

沒有浪費分毫時間，一刻眼明手快地抄起即將醒來的少年少女，同時對著夏墨河的方向厲喊一聲，「夏墨河，江言一交給你處理！」

「宮一刻，你究竟想……」

「抱歉了，江同學。」截斷江言一的逼問，夏墨河瞬間出手，「線之式之一，封纏！」

即使江言一的反射神經再怎麼快，但終究比不上那些灌注神力的白線，眨眼間他就被白線捆綁住身體。夏墨河完全不給他反抗的機會，迅速地將他往喜鵲的背上拋扔出去。

一確認他身下有了支撐，白線頓時全數抽回。

「還以爲我會讓你們再跑走嗎？」發覺另一邊的一刻想將穿著制服的少年少女送出大樓外，左柚立即一踩腳尖，腳下翻騰的詭譎黑暗瞬間鋪展開來，從四面八方將這個空間包圍住。

一刻哪敢再遲疑一秒，他飛快地將少年扔至喜鵲背上，在黑暗逼近的前一剎那，再將少女也拋了出去，「江言一，順便也幫我看好織女那丫頭！」

「宮一刻！你他媽的居然敢……」被排除在外的感覺讓江言一心底湧起憤怒，但他的話還沒說完，他的眼角邊就衝出一抹嬌小的影子。

「部下三號！你在想什麼？那是瘴和妖怪的融合！那女孩是四尾妖狐，你們打不過她的！」顧不得黑暗就要封住窗口，織女心急地就要躍離喜鵲身上，一心只想回到大樓內。然而卻有一隻手臂猛地自後抓住她，阻止了她的行動。

「部下三號！一刻！」織女只能眼睜睜地看著黑暗封住了窗口，如同一堵堅不可摧的黑牆，將自己與四名神使隔絕開來，「一刻——」

「妳給我安分點！」抓住她的江言一冷聲厲喝，那壓抑著的戾氣全部再次躍上了眉眼。他用著巴不得刺穿黑暗的目光，瞪了已經被封住的出入口一眼，隨即將手中抓提的嬌小身影扔回喜鵲背上。

「你這人類，膽敢如此無禮？她可是織女大人！」喜鵲尖銳的聲音響起，「信不信我將你扔下去？」

「住口，喜鵲！」跌坐在喜鵲背上的織女大叫，她瞪著將另外兩名少年少女擊昏的江言一，後者現在正表情陰冷地回視著她。

「宮一刻他媽的是個白痴，但他叫我顧好妳。」江言一低沉地說，「如果妳還想玩什麼自殺遊戲，我就親自把妳扔出去了。」

「人類！你！」喜鵲的聲音已經不只尖銳，還挾帶著怨怒。

「喜鵲！」織女卻又是拉高聲音，接著她深吸一口氣，拍拍喜鵲的背，「喜鵲，立刻帶吾等下去。」

當這句話說出的時候，織女的神情已經恢復往常的威風凜凜。黑髮小女孩站了起來，不再多看那棟所有窗戶全覆上黑暗的大樓一眼。她一揮手，墨黑的眸子裡迸出凜然的光采，「此乃妾身此刻的最高命令！」

「遵命，織女大人！」沒有任何預警，巨大的鳥兒頓時以奇快無比的速度往下俯衝，短短的時間內就和地面距離越來越近、越來越近。在即將撞上的前一剎那，卻又是異常靈活地拉高身勢，瞬間穩穩地降落在南陽大樓外的街道上。

將近十二點的夜間時分，街道上冷清且毫無人煙。

但才剛這樣想，猛然從街口竄出了另一抹人影。

織女大吃一驚，正要命令喜鵲馬上化成人形，一聲大喊已經劃過黑夜，清晰地傳進織女他們的耳中。

「織女大人！」

這聲音……！織女錯愕地瞪圓眼，她七手八腳地趕緊從喜鵲的身上滑下，瞧見一抹像是圓球的人影急匆匆地朝他們的方向奔來，然後人影突地一個踉蹌，真的像顆球滾了過來。

「唔啊！哇！痛痛痛……」那名可憐的小胖子連連哀叫，最後剛好在織女腳前停下。他抬起圓胖的臉，熱淚盈眶地說道：「織女大人，我終於找到妳了啊！」

「部……部下一號!?」織女幾乎沒辦法相信，居然會在這個時間點、這個地方，見到隸屬自己的第三名神使，尤里，「你……」

「啊啦，胖子你怎麼會在這？」任憑昏迷的兩名學生躺在路邊，回復巴掌大人形的喜鵲拍拍翅膀，烏黑的眼珠上上下下地打量對方，隨即發出歌唱般的腔調，「很可疑，很可疑喔。」

「你真的是本尊？」早在喜鵲變回人形，就已俐落躍下的江言一提著球棒，像毒蛇似的陰戾眼神盯住尤里。

不能怪他會有這樣的懷疑，在沒人通知尤里的情況下，為什麼這個時間他會如此湊巧地出現在這裡？

「噫！是本尊，我真的是本尊啦！」尤里被江言一的恐怖氣勢嚇得跳起，眼淚差點沒飆出來，覺得自己在江言一面前，就像一隻待宰的可憐獵物一樣。

怕自己的身分不被人相信，他趕緊舉出左手，讓所有人看見掌心上的天藍色神紋。

「切，是眞的啊，眞無聊。」喜鵲彷彿唯恐天下不亂地彈了下舌，她飛回到織女的頭頂上，對接下來的事一點興趣也沒有。被關在大樓內的又不是她們，她何必要窮擔心呢？

「部下一號，你怎麼會在這？」織女馬上提出她最想知道的問題。

但誰也沒想到，尤里的回答竟然大大出人意料。

「織女大人，是個奇怪的男人叫我來的……」尤里搖搖頭，似乎自己也覺得荒謬。在織女愕然的注視下，他又說，「我、我本來要睡覺了，手機卻突然響起，手機那頭是我沒聽過的陌生聲音。那個男人要我趕快到南陽大樓來，說妳可能會有危險……織女大人，妳還好嗎？爲什麼妳會在這？還有江言一也……那兩個人又是誰？」

面對尤里一連串的追問，織女自己卻也是茫茫然，心思被疑問佔據。有人打電話給尤里？那人是誰？爲何知道他們正遇上危險？而且……對方還知道自己是「織女」？這一切，究竟是怎麼回事？

「織女大人？」尤里見織女遲遲未回答，不免有些擔心，他忍不住將視線望向喜鵲和江言一，期望能得到一點解釋。

「男人……」喜鵲自己也是若有所思地喃喃。

「那兩個是無關緊要的路人甲。」江言一一句話就直接帶過兩名學生的身分，他迅速一把抓住尤里的領子，無視那張圓臉被嚇得煞白，「宮一刻和其他三個傢伙都在大樓裡。胖子，你有辦法讓人再進去嗎？」

「咦？大、大樓裡？」尤里一時反應不過來，他愣愣地瞪著南陽大樓，半晌後才發現門口和窗戶的漆黑，並不是因爲燈光熄滅的關係，而是被如同活物的黑暗給包圍住了。他倒抽一口氣，緊接著又意會過來其他三人是誰。

是墨河和那對姓蔚的兄妹！

「織女大人，一刻大哥和墨河他……」

「稍安勿躁。」暫且將對那名神祕男人的疑惑壓下去，織女抬手，小臉堅毅凜然，「部下一號，先將這附近布下結界，動作快！」

「啊，是！」尤里連忙慌張地取出白線，扯了一小截往上一拋。隨著他在心裡默唸「張開結界」，白線產生奇異的變化。它在空中自動圈起了一個圓，隨後白光一閃，化成巨大的光圈圍住四周區域。

所有景物都出現了瞬間的疊影。

「這樣不夠，再補強！」織女喝道，稚幼的眉眼凌厲。

尤里緊張地點點頭，急忙又掏出小剪刀和碎布。

待經過補強的結界完成後，織女的目光落向江言一。她手指輕一揮抬，江言一手中的球棒重新回到光球模樣，再飛至她的掌心內隱沒。

「織女大人，再、再來我們是要削弱那些黑暗的防禦，再一舉衝進去嗎？」尤里抱著從掌心神紋生成的鐵色大剪刀，忐忑不安地問道。

「不。」織女吐出了這麼一個字，不待尤里吃驚地提出疑問，屬於她的五根細白手指，剎那間探向了那柄鐵色剪刀的尖端。

尤里瞠圓眼，映入他眼中的是自身武器散成光點的光景。那些光點如同受到吸引，飛也似地就鑽進織女的指尖內。

「部下一號，麻煩你忍忍了，妾身要借走你的大半力量！」話聲未落，那隻細白的小手已經迅雷不及掩耳地探入尤里心口，再將一團拳頭大的銀色光球一舉抓出。

尤里登時跌跪在地，強烈的疼痛撕扯著他的身體，令那張圓臉不禁露出痛苦扭曲的表情。但即使如此，他還是咬著牙，努力保持意識的清醒。他必須穩住結界，一刻大哥和墨河都還在危險中……他不能就這樣昏了過去！

「織女大人，難道妳是要……」喜鵲似乎明白織女的意圖，她摀著嘴抽氣，隨即拉住織女的手指尖，「織女大人，妳不能再強行耗損妳的力量！織女大人，那只是區區的人類啊！」

「妳口中的人類是妾身重要的神使。」織女平靜地說著這些話的時候，那團銀色的光球也已沒入她的體內。柔和的白光瞬間大亮，將她的身軀完全包覆住。而在光芒之中，隱約可見那抹嬌小的人影抽高了身形，手腳變得纖長。

當白光散逸，尤里目瞪口呆地看著面前的絕美女子。

膚白似雪、眉眼如墨，一頭長髮如上好的黑色綢緞披散著。

「織織織……織女大人!?」尤里不敢置信地失聲叫道。

相較之下，江言一就顯得冷靜或近於冷淡了，這並不是他第一次看見織女這樣貌。

「織女大人！」見狀，喜鵲的身形也變作一般人的大小，她抓住織女的手臂，白瓷般的臉蛋寫滿急切，「妳不能……您不能再回復原身，這只會一再地傷害您的御體！您還要完成陛下交予您的任務，您別再爲了這些人類……」

「拿開妳的手，喜鵲，妾身只說這麼一次。」完全褪去稚嫩氣息，令人難以和驕縱的小女孩模樣聯想在一起的女子說。她的語氣沒有特意揚高或放大，但一股強大得無法言喻的威壓，卻是轉瞬間襲捲而來，饒是尤里和江言一也感到呼吸一窒。

喜鵲被震懾得鬆開了手。

「織女大人、織女大人！」尤里使上剩餘的力氣叫道：「傷害是什麼意思？這樣做是不是會讓妳……」

「部下一號，別把妾身看得那般脆弱，妾身可是擁有『神名』之神，妾身可是『織女』。」

回復原身的織女又回頭看向被黑暗封住一切出入口的南陽大樓，她的左手浮現如劍般長的白針，右手則纏繞著白線，白線轉瞬間穿過針孔，再回到她的右手。

織女扯緊針線，一字一字地說道：「妾身不要削弱那些黑暗的防禦，妾身——」

「要將那些黑暗，全部破壞殆盡！」

第十針

無從得知大樓外目前是何種情況，現下的一刻等人面臨了前所未有的苦戰。

褐金長髮的狐耳少女伸出手，朝著掌心輕吹一口氣，巨大的火球瞬間出現，旋即又分裂出多顆，迅速地朝四名神使襲去。

「哇啊！爲什麼又是這招啦！」蔚可可閃躲得哇哇叫，她的制服衣角甚至已有幾處焦黑，那是先前被火球掃過留下的痕跡。

驚險地避開向自己飛來的可怕火焰，感到一股炙熱刷過頭頂上方，蔚可可就著這個趴蹲的姿勢，將口袋內的迷你礦泉水瓶抓出，咬開瓶蓋，毫不遲疑地將剩下的水潑了出去。

水立刻漲大成粗大的水流，快速靈活地鑽向欲攻擊其他人的火球。水流如蛇般地一擺尾，纏繞住一顆火球又一顆火球。

但是，水流的承受力似乎已是極限。在滅去兩顆火球的同時，自身也被蒸發得一乾二淨。

一刻面前的火球並沒有遭到消滅。

「宮一刻！」最鄰近白髮少年的蔚商白立即一個箭步掠上，他手中也抓著一瓶礦泉水，瓶裡的水瞬間便朝著那顆迎面飛來的火球潑灑下去。

壯大的水流眨眼間便將火球吞噬殆盡。

「哥！」

「一刻同學！」

蔚可可和夏墨河迅速地趕到一刻他們身邊，與他們會合。

在這間已經被黑暗包圍的教室裡，教室的課桌椅、講桌都已消失無蹤，四面牆壁則是如同某種活物，上頭不但有類似血管的粗大物體，甚至還一脈一脈地躍動著，給人彷彿置於體腔內的錯覺。

而在這個空間的中央，左柚的唇邊還是掛著宛若新月的不祥微笑，眼瞳猩紅，身後的四條狐尾慢悠悠地晃動伸展，幾乎佔滿了她身後的半個空間。左柚就像是一點也不在意自己的火焰遭到消滅，她微側著臉，柔柔地說道：「好了，你們可是一個也別想走，通通要留下——成爲吾之養分！」

「不會吧？不會吧！」蔚可可蒼白了甜美的臉蛋，她抓緊兄長的手臂，像快哭出來般地發出悲鳴，「我的水已經用光光了啊！」

在左柚的周圍，亮起一簇簇金色的火焰。火焰數量之多，讓人見了只能爲之悚然，前幾次的火球根本無法與之相比。

「很不幸地，我的水也沒了。」蔚商白相當冷靜地說出這句話。

他們只是淨湖守護神的神使，對於水的操縱遠遠比不上眞正的神明。更不用說在他們身邊沒水可用的情況下，這等於徹底失去了和水有關的力量。

「哥，爲什麼你還可以冷靜地說這種話啦！」蔚可可哀叫。

「妳是哪隻眼睛看到我很冷靜了？」蔚商白瞥她一眼。

蔚可可一愣，她眨眨眼，緊接著發現自己抓的那隻手臂肌肉繃緊，她的兄長連下巴都收得緊緊的。

「唔喔，原來哥你也很緊張……不對啦，這樣不是更糟糕嗎？」蔚可可幾乎想抱頭蹲在地上了。沒有眞的這樣做的原因，是她知道她哥這次會直接不客氣地將她踢起來。

「確實是相當糟糕呢，一刻同學。」夏墨河緊緊盯著前方的左柚，臉上向來從容的微笑也變成一絲苦笑，「那些火焰讓人傷透腦筋，我的線也毫無用武之地。不，再這樣下去，我們所有人都會被壓著打。」

「這種事，我也知道。」一刻心煩地咋著舌，他明白夏墨河的意思。面對那些驚人的火焰，別說反擊，他們連基本的防禦也做不到。唯一攻防兼可的夏墨河，他的白線一沾上那些火焰，就先被燒燬。

「馬的，我現在開始有點怨念織女當初沒有給我們能夠擋火的武器了。」一刻嘴上這樣說，可他眼內的戰意沒有減退分毫。他的心裡甚至慶幸著，自己最開始時就將織女他們給送了出去。

「神使們。」左柚停下增加火焰的動作，但其實她身邊早已密密麻麻地圍著多層火焰，焰光映得她的髮絲和狐尾像在發光一樣。

她輕靈地往後退了一步，她身後的地面忽然隆起黑色物質，宛若椅子般讓她坐落其上。

「神使們。」左柚又輕笑地呼喊了一次，她的手指像無意識地在半空中揮舞，然而隨著這樣的舉動，所有的金色火焰都像被賦予了生命，開始在空間內上下左右地移竄，「你們說，你們這次會不會被我燒成焦炭呢？」

左柚咯咯輕笑，但潔白柔弱的手指卻是一瞬間殘忍無情地重重揮下。

金色的火焰從四面八方飛向一刻等人。

「呀！怎麼辦？怎麼辦？」蔚可可驚叫。

「操！豁出去了！」一刻咬牙，拔腿竟是直接朝著那漫天的火焰衝過去。

「一刻同學！」夏墨河不禁大駭，就算是爲了接近左柚，但這種方式未免太過魯莽，他想也不想地抓住一刻的一隻手臂。但還來不及將人猛力拽回，就見到一刻被他抓住的手臂上浮閃白光，一條細長白蛇從那隻手臂蜿蜒滑出，轉眼竟是脫離一刻的皮膚，化作實體。

宛如藍寶石似的雙眼一閃厲芒，白蛇倏然張嘴，發出無聲的嘶吼。

教室內的氣溫飛快驟降，凍人的寒氣自地面湧上。

即將落在一刻等人身上的金色火焰，竟當下全數被寒冰凍結住，凝滯在空中，形成詭異又綺麗的一幅景象。

「理華……夠了，小鬼快回來！你的力量可沒復元！」一刻猝然抓住白蛇，一把將牠壓回自己的體內，同時他也沒有放過這個由白蛇掙得的大好機會，「夏墨河，封住左柚！」

「線之式之一，封纏！」夏墨河指間白線竄出，搶在左柚再有所行動前纏捆住她的雙臂。

「可可！」

「明白！」

與此同時，蔚商白和蔚可可也分別一左一右地向左柚包夾過去，雙劍與碧箭毫不留情地鎖定對方。

左柚的臉色在這瞬間終於變了，她足尖飛快地向後躍退，在拉開短短距離的剎那，四抹影子以超乎想像的速度揮掠而出。

那是左柚的四條尾巴！

兩條狐尾如同鐮刀般斬斷了夏墨河的白線，另外兩條則是迅速將蔚氏兄妹搧打出去。

「呀！」

「唔！」

蔚氏兄妹閃避不及，一嬌小一高大的身子頓時如同斷線的風箏，直直撞上了兩側牆壁，手中武器滑落在地。

左柚沒有多分心去看那對被自己擊退的兄妹一眼，她的其中一條尾巴燃起焰火，飛也似地再揮向夏墨河，迫得他無法再使用白線困住自己的行動。

但是下一秒，左柚就驚覺到了——沒有宮一刻的身影！

還來不及四下尋找，左柚猛地發覺自己的上方有陰影掠過。她下意識仰頭，猩紅的瞳孔收縮，眸底映入的赫然是白髮少年手抓白針，如同撲擊向獵物的猛獸，從上撲躍了下來。

少年的一雙眼睛凶戾四溢，那壓倒性的氣勢令人無法動彈。

眼見白針就要筆直地貫穿左柚的身軀，那名褐金長髮的狐耳少女卻是張啓唇瓣。

「快走……宮同學，不要管我……」

這瞬間，左柚的雙眼褪去猩紅，成了琥珀般的流金之色。

一刻眼內猛地閃過動搖，下手的力道硬生生減了那麼一分。

然而，左柚的雙瞳又成了猩紅。

「怎麼能走？你們一個都不許走！」褐金長髮少女咧出獰笑，抓準一刻力道減弱的那分空隙，四條狐尾疾如閃電地收了回來。兩條尾巴剎那間纏住一刻的雙臂，將他重重往地面摔擲；另外兩條則瞄準他的心窩，毫無猶豫地飛快扎了下去。

「一刻同學！」

「宮一刻！」

「不要啊！」

夏墨河等人駭然，即使彼此的距離相隔遙遠，他們仍是抓著武器，拚了命地直衝過去，腦海裡只有一個念頭——阻止她！阻止她！阻止左柚！

但他們的速度終究還是來不及，只能眼睜睜地看著左柚露出殘忍的笑，只能眼睜睜地看著那兩條尖銳的尾巴在火焰和黑暗的包圍下，當著他們的面，直直地——

刺了下去！

「什麼!?」發出驚愕叫喊的人卻是左柚。她的笑凝在臉上，大睜的紅眸裡盡是難以置信。她的兩條尾巴是刺下去了，可是，卻無法眞正刺進一刻的心窩裡。有一層薄薄的銀光如同最堅硬的屏障，擋在白髮少年與兩條狐尾之間！

「什……」本已做好承受劇痛準備的一刻也面露驚異，他瞪著那層保住他性命的銀光，發現光源來自他制服上衣的口袋。

那裡面放的……是織女當初送給他的髮絲！

但還沒等一刻伸手探向口袋，一陣劇烈的搖動驀地從地面傳了開來。

「是、是地震嗎？」蔚可可緊張地大叫，沒想到她的話聲剛落，更猛烈的第二波搖動立刻傳出。這次就像整棟大樓都被人抓著猛搖。

隨著這愈漸大力的搖晃，包覆這處空間的黑暗竟出現了裂痕，緊接著開始大片大片地剝落下來。

「這……這到底是……」在這陣晃動中，夏墨河幾乎站不住腳。他費力地撐住身子，震驚地看著漸漸還原的四周景物。

「住手！快住手！」左柚就像是受到這份變異的影響，身體也出現了黑暗的閃滅，大面積的黑暗一下佔領她的皮膚，一下又消退，使得她的模樣變得十分駭人。

「快住手啊——」左柚抱頭尖叫，碩大的四條尾巴狂亂舞動，不停地撞擊到各處，反倒加快了這個空間的崩解。

「線之式之一，封纏！」夏墨河再度出手，指間白線爭先恐後地竄向其中兩條狐尾，「一刻同學！」

一刻回神，立刻再次抓起白針，但尚未被封住行動的兩條尾巴就像早已得知他要對本體不利，頓時快若驚雷地甩了過來。

兩抹身影同時自左右竄出。

「給我乖乖的……不准動！」強忍著身上的疼痛，蔚可可的眼眸燦若星火，拇指、食指、中指剎那驟放，原本被捉住尾端的碧綠箭矢就像流星般疾射出去，一箭釘住了一條尾巴。同時，蔚商白的一柄長劍也已狠狠地扎進另一條尾巴，隨即又是再一劍補刺下去。

左柚驚恐地瞪大眼，柔弱的臉蛋刷成蒼白。在那雙大睜的紅色眼眸中，她唯一能見到的景象就是白髮少年直逼自己，細長如劍的白針鋒銳得幾乎令人不敢直視！她腦海空白了數秒，最後慢慢地低下頭，看著沒入自己體內的白針。

「啊——」左柚喉嚨裡爆出了淒厲的哀號，身軀剎那間爬滿黑暗，漆黑的色澤覆上了她雪白的肌膚。

然而就在下一瞬間，那些黑暗就像硬化的固體，表面劈里啪啦地出現裂痕，最後發出了奇異的聲響，一口氣從左柚的身上崩潰開來。

所有黑暗碎片在沾上地面之前就消逸無蹤，四周景物完全回復原本的模樣。一刻等人又回到一開始的階梯型教室裡。

□

褐金長髮少女閉上眼，軟綿綿地癱倒在地。她的狐耳和狐尾都還在，只不過四條尾巴已變成了一般大小，不再巨大。

一刻的白針像是煙霧般崩散形體，他急促地喘氣，怔怔地看著失去意識的左柚。

「解……解決了嗎？」蔚可可脫力般地跌坐在地，抓在手中的長弓化爲光束，迅速地鑽進她右手背上的神紋裡，「那個女生，不對，那隻狐狸……啊啊，好難叫啊！總之，她身上的瘴沒了嗎？」

「還不清楚。」夏墨河持保留態度地說。他還記得織女曾說過的話，妖怪本身的氣味會掩蓋住瘴的存在，所以他們才沒辦法發現瘴。他謹慎地觀察左柚，指間白線並沒有收起。

不僅僅是他，蔚商白也留下了他的雙劍，以備不時之需。

在四雙眼睛的注視下，褐金長髮少女終於再次有了動靜。她呻吟一聲，慢慢張開了眼睛。

不是紅色，而是宛若琥珀一樣的美麗金色。那雙金眸起初茫然地眨動幾下，接著逐一對上身旁四人的眼。左柚的表情從怔愣轉成困惑，然後再轉成了驚慌失措。

「宮、宮同學……」左柚的眼內瞬間湧上淚霧，很快成了豆大的淚珠滴墜下來，「對不起，真的很對不起……我、我……」

左柚搖搖頭，彷彿一時說不出話。她哽咽地抓住一刻的手，但她的指尖卻在微微發抖，就像怕會被人一把揮開。

那種奇異的感情又湧了上來，溫暖、難過，還有許多他不知道該如何分類的部分……一刻看著那張哭泣的臉蛋，他也感覺到左柚的顫抖，他伸手覆上了那潔白的手指。

左柚瞠大眼，含淚地望著一刻。

「哥、哥，你真的不覺得他們之間……」蔚可可扯著自家兄長的衣角，小小聲地和他咬著耳朵。只不過蔚商白的回應是一掌推開那顆腦袋，擺明還是沒興趣陪她一起八卦。

「左柚同學。」夏墨河收起白線，溫聲地打斷左柚與一刻的對視。

「是、是？」左柚像是被嚇了一跳，反射性抽回抓著一刻的手，緊張地挺起背，一雙翦翦水眸寫著不安。

「我可以問妳一些事嗎？」夏墨河揚起微笑，他的笑容和一身女學生制服的裝扮，讓左柚眞的誤以爲他是女孩子，不知不覺也解除了一部分的緊張之情。

左柚輕輕地點了下頭，示意對方開口詢問。

「妳……」夏墨河斟酌著問道：「之前的事，妳都還記得嗎？」

左柚愣了愣，然後又輕輕地點點頭。

「我都……記得。」她垂下眼，聲音細若蚊蚋地說：「被強拉進這裡、被操控、和你們發生戰鬥……這些，我都記得。」

「被強拉進這裡？」蔚可可大吃一驚。

「被操控？」蔚商白皺著眉，「妳是想說妳做的一切都不是妳的本意嗎？當眞不是？」

「喂！」一刻瞪了蔚商白一眼，「話是像你這樣問的嗎？」

「沒、沒關係的，宮同學，我知道這很難讓人相信……」左柚的聲音又弱了下去，「我明明、我明明就是四尾妖狐，居然會這麼輕而易舉地被拉進這棟大樓裡，無法出去。這眞的，太丟臉了。」

四尾妖狐是很厲害的妖怪嗎？一刻納悶地望向夏墨河。夏墨河只能苦笑地搔頭，表示自己對妖怪這塊領域並沒有研究。

「四尾妖狐？妳們的尾巴是怎麼長的？意思是還有更多尾巴的妖狐嗎？」蔚可可毫無顧忌地問了出來，圓圓的眼裡全是好奇。

「是的。」左柚認眞地點頭，「妖狐要長出第二條尾巴須花兩百年，接下來每多長一條尾巴則是要花上一百年，聽說最高記錄是九條。」

一刻他們沒去在意那個最高記錄，他們的心思都放在了另一句話上。長出第二條尾巴是兩百年，接下來每多出一條尾巴則是要花上一百年……左柚有四條……

「靠！妳四百歲了!?」一刻倒抽一口氣，「不會吧？眞的假的！」

「騙人！妳明明看起來和我差不多大啊！」蔚可可瞪圓眼睛。

「不，我想我們的重點不是在這裡呢。」夏墨河有些傷腦筋地微笑起來，「關於年紀，織女大人照理說才是最讓人吃驚的，對吧，一刻同學。」

一刻慢了半拍才想起，之前被他扔出去的披著蘿莉皮的那位神仙，可是年齡破千了。

「左柚同學。」趁著機會，夏墨河重新掌握發問權。從左柚剛剛透露的一些端倪，他已經大略地抓住幾個重點，「這裡的幽靈們說，妳是因爲有人玩筆仙遊戲才被召來，成爲這裡的入侵者。是這樣的嗎？」

「他們沒說錯。大約一個月前，我正好經過這棟大樓外，聽見有人在召喚筆仙……照道理說，那種人類間的小遊戲根本不可能對我造成影響。但是、但是……」

左柚似乎是因爲回想起什麼而蒼白了臉，她的手指緊抓裙角，聲音甚至滲入一絲畏意。

「我不知道那是什麼……有一股更巨大的力量把我拉了進去，許多欲線纏住我，我拚命地想逃……或許是這份欲望也讓我自己出現了欲線，然後有一隻手，強行將我的線拉長……」

一刻、夏墨河和蔚商白他們心裡一駭，因爲這個模式就跟當初的淨湖事件差不多！左柚的欲線也是被人強制拉出，引來了瘴，進而被瘴吞噬。

「難道說……」一刻捏緊了拳頭，他想到在思薇女中布下結界、妨礙他們追捕瘴的神祕人士；還有在淨湖矇騙蔚商白和蔚可可的僞神。現在還多了左柚受害……是同一個人嗎？做出這一切的，是同一人嗎？目的究竟是什麼？

「那傢伙還在這裡嗎？」蔚商白突然扯住左柚，眼神冷硬，「回答我！」

「蔚商白！」一刻一把拉開那隻手，對他怒目而視，「你這是做什麼？給老子冷靜點！」

「我很冷靜。」蔚商白冷冷地說，但眼瞳像是燒熔的金屬在翻騰，「我只是想問清楚，那個當初欺騙我們、利用我們的該死傢伙，是不是還在這裡？」

「我不……」左柚泫然欲泣地搖著頭，「我不知道，我感受不到那人……」

蔚商白的臉色一沉。

「夠了。蔚商白，我說夠了。」一刻抓住蔚商白的手臂，繃緊著聲音警告，「左柚也是被那個藏頭藏尾的傢伙拖到這來的。」

「蔚同學，我想對方也不可能再留在這裡讓我們發現他。」夏墨河語氣嚴肅地開口。

蔚商白繃著臉，半晌後才硬邦邦地蹦出一句，「我不至於把氣出到無關的人身上，你可以放開我的手了，宮一刻。」

「我哥是說眞的，我們的目標是那個傢伙。」蔚可可甜美的臉蛋也閃過一瞬狠勁，「非把他射成刺蝟不可！」

「我……我雖然不知道那人現在在何方，可是我知道那人把我拉進來是想做什麼……」左柚啞著聲音說道。

四雙眼睛這時全緊緊地盯著她。

左柚如同不願回想地閉上眼，柔弱的臉蛋出現一絲扭曲，「是養分。那人讓我收集欲線，壯大自己，一切都是爲了……讓我最後成爲他的養分。」

蔚可可忍不住抽了一口涼氣，她用力地抓著蔚商白的手，「哥，這不就跟當初的我們……那個假的理花大人給我們欲線編織的手套，最後也是想讓我們失去力量，成爲瘴的養分！」

當蔚可可喊出這句話，其他三名神使瞬間就像覺得有冰水澆淋下來，一股悚意直衝背脊。

「成爲瘴的養分，左柚也是要被人拿來當作養分……」一刻覺得嘴巴發乾，「不可能吧……難道說那傢伙是瘴嗎？如果眞是這樣，那我們在思薇發現到的仙氣……見鬼了，見鬼了，他媽的這到底是怎麼回事！」

一刻憤怒地握拳，重重搥了地面一記。好不容易才掌握到一些線索，但下一瞬間又受到重重迷霧阻礙，玩弄人也未免太過分了！

蔚可可屏著氣，心驚膽跳地看著臉色或是嚴厲或是凝重的三名神使同伴。她覺得這氣氛壓得人無法呼吸，她吞吞口水，試著找點話，好讓場面不至於如此令人窒息。

「那個，左柚、左柚。」

「是？」

「今天和妳說話的那位帥哥……不不，我是說那位先生，又是誰啊？」

「咦？」

「就今天晚上啊。」蔚可可眨巴著眼睛，「妳和他很親密，妳哭了，他還安慰妳……他是不是妳的男朋友？」

「……可可。」蔚商白忽然按著妹妹的肩膀。

「怎麼了？我只是問問。哥，我問這又不犯法？」以爲兄長是嫌自己太八卦，蔚可可鼓起臉，只是當她瞧見一刻和夏墨河都露出了古怪的表情，而左柚卻是一臉茫然，她後知後覺地發現到有什麼地方不對勁了。

「蔚同學，妳說妳看見有名男人和左柚同學待在一起？」夏墨河慢慢地說，「可是那時的左柚同學還是處於被瘴寄附的狀態吧？妳看到的那名男人，眞的和她很親密嗎？」

「對啊，那名帥哥很親密地安慰……」說到後來，蔚可可的聲音突然小了下去，她閉上嘴，瞠大雙眼。

左柚是四尾妖狐，還被瘴寄附……安慰著那樣的她的男人，眞的是人類嗎？

「那個，我不知道妳說的人是誰……」左柚遲疑地說，「我記得我有躲到十樓哭泣，因爲我的意識仍想跟瘴對抗，但我不記得我身旁有人。而且、而且……我也沒有男朋友……」

似乎是覺得這年紀還沒有男朋友有些難爲情，左柚微紅了臉，扭捏地對戳著手指。

「其實啊，我這次到這城市來，是要跟網友見面的。不、不過，眞的是單純的繃帶小熊同好而已。」

聽見四尾妖狐要和網友見面，一刻已不會覺得驚訝了，住在他家的神仙都在玩黑莓機了。

「可是、可是，那時候眞的有一個超級大帥哥在啊！」蔚可可不願讓人覺得自己是在說謊，她大聲地辯駁著。倏地，她想起自己有拍照，急急忙忙地掏出了手機，「我還有拍到他呢，你們看！」

四雙眼睛全湊了過去。手機螢幕上，一張照片被點了出來，那是一名優雅俊美的男子。頭髮末端微鬈，襯著一雙桃花眼，那份猛烈的魅力簡直動人心魄。

一刻甚至忍不住低唸了一句，「這是哪來的男公關……」

「哎？這不是……大人嗎？」

「是『繃帶小熊萌萌』？」

同時間，兩道少女的驚呼聲響起。

一道聲音自然是左柚所有，她一臉詫異的表情，「他就是要和我約見面的網友……我們有交換照片。」

一刻卻沒仔細聽左柚在說什麼，他慢慢地扭過頭，望向從破裂的窗口飛進的細辮子少女。

喜鵲摀著嘴巴，古靈精怪的眼睛不敢置信地睜大，看著手機上的照片。

「喜鵲？」夏墨河訝然，「怎麼只有妳，織女大人呢？」

「織女大人消耗太多力量昏過去了，不然你們以為那些烏漆墨黑的東西怎麼會消失？」喜鵲拍拍翅膀，又往前飛近，「我是來看你們這幾個傢伙死了沒……哇啊！」

「喜鵲，妳剛說了什麼？」一刻抓住喜鵲，雙眸透著奇異的凶狠，「把妳剛說的第一句話再說一次！」

「咦？她剛剛有說什……」在見到一刻的表情嚇人後，蔚可可飛快閉上嘴，不敢在這時候提出疑問。

喜鵲最不喜歡被人捉住，她毫不客氣地咬上一刻的手指，待重獲自由，她靈活地飛至手機旁。然後，伸手指著上頭的照片，一字一字清晰無比地說：

「是牛郎大人，他就是牛郎大人啊。」

尾聲

乍聞喜鵲吐出的人名，除了左柚外，所有人莫不是驚得呆住了。

喜鵲在說什麼？牛郎大人？照片裡的男人就是織女的丈夫，牛郎嗎？但他不是在天界行蹤不明？爲什麼又會出現在這棟大樓裡？而且……他還是與左柚約好見面的網友？

「等等等等一下！」蔚可可結巴地說，「牛郎不就是織女大人的老公？可是他和左……」

「閉嘴，可可！」蔚商白一掌摀住妹妹的嘴，不讓她將話繼續說下去。

但即使蔚商白截斷了蔚可可的話，夏墨河和一刻早已不約而同地想到同一件事。

沒有回信的牛郎……出現在潭雅市的牛郎……

「那個操他媽的王八蛋！」一刻的臉上湧現暴怒，可是下一瞬間，他卻是整個人猛地從地面彈起，背脊繃直。

有什麼東西……他感覺到有什麼東西！

「一刻同學？」

「宮同學？」

「宮一刻？」

在眾人錯愕不已的目光中，一刻飛快地拋下一句「留在這等我」後，就頭也不回地衝出了教室外。

沒留意到身邊的景物，一刻一心只顧追著那股異樣的氣息。他不知道自己追到了幾樓，最後他來到了一條亮著燈的走廊。

「指令，戰鬥。」一刻不敢大意，立即召出自己的武器，從憑空生成的螺旋光紋內抽出散發淡淡瑩光的白針。

「嘻嘻。」清脆的笑聲突地落下。

在走廊的盡頭，赫然開始鑽湧出無數黑線。

一刻大駭，那些全都是欲線！

漆黑的欲線如同活物，在空中快速一圈圈纏繞起來，眨眼間圈纏出一具嬌小的長髮身影。

潔白的襪子、漆黑的皮鞋、漆黑的裙子，還有一頭漆黑的長髮，臉上則是戴著白色的面具，鮮紅的線條在上面勾勒出古怪的紋路。

人影就像是黑暗的凝聚物，一身皮膚則白得像能反光一樣。

「夜安。」浮立在空中的人影伸手探向了面具，「可惜了這四尾妖狐，吾本來可以吞掉她的，還有那對神使兄妹……吾等很快又會再見面的。」

「那我們大可以在這次就直接面對面！」一刻猝不及防地扔出白針，一腳踢出。

白針的去勢猛烈而快速，剎那間就貫穿了人影的胸口。

但人影的形體卻是如煙霧般地散逸。

在完全消失之前，一刻只看見那隻白皙的手摘下面具，露出了猩紅似血的眼睛。

「再見了，宮一刻。」人影發出咯咯的笑聲，在那張模糊的臉孔上綻出歪斜惡意的弧度。

猩紅的眼，歪斜的笑。

這就是一刻對於他們一直在追查的幕後主使者，唯一的印象。

《織女・迷走大樓》完

後記

這次的後記有小劇透，習慣先看後記的人建議先看完正文喔！

一直以來只聞其名不見其人的牛郎終於正式出現了！關於他和左柚之間有什麼關係、關於他爲什麼來到人界，這些通通會在後面的集數揭曉！（被打）

和前一集主角們跑到其他城鎭遊玩不同，這回的背景設定在潭雅市裡的某間補習班大樓。因爲脫離補習的時間有點久了，所以在寫稿前還特地跑回以前補習的大樓去取景參考，說不定有人可以猜得出裡面的南陽大樓原身是什麼XD

至於裡面提到的搭小黃到補習班上課，這也是眞有其事，那種特殊的經驗讓人到現在還是難以忘記XDDD

除了補習班之外，第四集還稍微提到了筆仙，這是在我們唸小學時曾經很盛行的遊戲，據說可以請來狐仙之類的存在。雖然至今沒人知道是眞是假，不過這遊戲當年沒過多久就沉寂下去了。而小說裡介紹的玩法一半是虛構的，所以請不要眞的依樣畫葫蘆啊。

□

既然來到第四集，就一起來談談目前最受歡迎的角色吧。沒想到雙子姊弟的魅力完全壓倒主角的風采，幾乎每集都有讀者在喊蘇氏姊弟的戲分不夠XDDDD。這樣一刻要淚目了啊，明明就是身爲第一男主角呀！就連墨河人氣度也是後來居上，再這樣下去，一刻男主角的位置眞的有危險了！

雖然本集雙子可說是完全沒露面，不過下集將會看到他們活躍的表現喔。

沒錯，在介紹過織女部下一號和部下二號的故事之後，接下來就是部下三號的故事了，下一集將是一刻的故事，有關他的過去、他和雙子間怎麼認識的……都將在第五集裡揭曉！

醉琉璃

國家圖書館出版品預行編目資料

織女.卷四，迷走大樓／醉琉璃 著.
——初版.——台北市：魔豆文化，2011.10
面；公分.
ISBN 978-986-87140-5-2（平裝）

857.7 100019067

fresh FS015

織女 vol.4 迷走大樓

作者／醉琉璃
插畫／夜風 封面設計／克里斯
出版社／魔豆文化有限公司
地址◎台北市103赤峰街41巷7號1樓
電話◎（02）25585438 傳眞◎（02）25585439
部落格◎gaeabooks.pixnet.net/blog
臉書◎www.facebook.com/Gaeabooks
電子信箱◎gaea@gaeabooks.com.tw
投稿信箱◎editor@gaeabooks.com.tw
郵撥帳號◎19769541 戶名：蓋亞文化有限公司
發行／蓋亞文化有限公司
法律顧問／宇達經貿法律事務所
總經銷／聯合發行股份有限公司
地址◎新北市新店區寶橋路二三五巷六弄六號二樓
電話◎（02）29178022 傳眞◎（02）29156275
港澳地區／一代匯集
地址◎九龍旺角塘尾道64號龍駒企業大廈10樓B&D室
電話◎（852）2783-8102 傳眞◎（852）2396-0050
初版五刷／2016年12月
定價／新台幣 199 元
Printed in Taiwan

ISBN／978-986-87140-5-2

FS015

織女

vol.4 迷走大樓

魔豆文化　讀者迴響

感謝您在茫茫書海中選擇了魔豆，您的支持是我們最大的動力。
不要缺席喔，讓我們一起乘著夢想的羽翼，穿越時空遨遊天地！

姓名：　　性別：□男□女　出生日期：　年　月　日

聯絡電話：　　手機：

學歷：□小學□國中□高中□大學□研究所　職業：

E-mail：　　（請正確填寫）

通訊地址：□□□

本書購自：　縣市　書店

何處得知本書消息：□逛書店□親友推薦□DM廣告□網路□雜誌報導

是否購買過魔豆其他書籍：□是，書名：　□否，首次購買

購買本書的動機是：□封面很吸引人□書名取得很讚□喜歡作者□價格便宜□其他

是否參加過魔豆所舉辦的活動：
□有，參加過　場　□無，因爲

喜歡出版社製作什麼樣的贈品：
□書卡□文具用品□衣服□作者簽名□海報□無所謂□其他：

您對本書的意見：
◎內容／□滿意□尚可□待改進　◎編輯／□滿意□尚可□待改進
◎封面設計／□滿意□尚可□待改進　◎定價／□滿意□尚可□待改進

推薦好友，讓他們一起分享出版訊息，享有購書優惠
1.姓名：　e-mail：
2.姓名：　e-mail：

其他建議：

◎請沿虛線對摺，裝訂後寄出

魔豆文化有限公司　收
103 台北市赤峰街41巷7號1樓